# いつか愛した

# 目次

装画　楠本恵子
装丁　内堀明美

いつか愛した

年があけたら、すぐに娘の中学受験が始まる。そんな年の大晦日の夜だった。家族が寝静まった後、由美子は台所で一人コーヒーを飲んでいた。換気扇が外の音を運んでくる。ゴォーッと電車の通りすぎる音がして、また静かになった。そのときだった、「あの男に惚れている……」と思ったのは。天啓のように、その言葉が降ってきた。

「そんなわけないでしょ、会ったことがないのに」と、由美子は自分に言いきかせたが、「惚れている」と思った。どうしようもなく惚れていた。一方で、自分が会ったことのない男に対してそんな感情をもつことが信じられなかった。いったいこれはどういうこと、どうすればいいんだ。

そんなこと、あるわけないでしょ。由美子が男に惚れるなんて。会ったこともない男に惚れるなんて、わけがわからない。

由美子は頭を抱えた。頭を抱えて目をつむった由美子の脳裏に浮かんだのは、すごく、惚れている、どうしようもなく惚れている、という言葉だった。こうして感情をいったん言葉にしてしまえば、もう打ち消せない、後戻りできない。そんな気がした。気持ちが悪くなってトイレに駆け込んだが、なにも吐くものはなかった。馬鹿げている、芝居じみている、まったく笑止だわ。

リビングに戻りテーブルの前に座って、由美子はまた頭を抱えた。なんて芝居がかったことをしているんだろう、バカみたい。元旦の夜明け前にそんなことをしている自分を笑えばいいと由美子は思ったが、笑えなかった。次に由美子がしたことは、「夫を愛していない」と、小さい声でつぶやくことだった。それは由美子の気持ちそのままで、さっきのようにあわてふためくことなく、由美子の胸にストンと落ちた。ああ、そうだった。もっと早くこうして自分に言ってやればよかったんだ。そうすれば、夫以外の男を好きにならずにすんだかもしれない。

「夫以外の男を好きになる」ことは、由美子にとってタブーだった。罪悪感といった抽象的なものではなく、もっと切羽詰まった「してはならないこと」だった。あまりにそのタブーが強いので、由美子にとって「考えられないこと」だった。

由美子の母親は、ずいぶん長い間、不倫をしていた。由美子がそれを知ったのは小学三年生の頃だった。中学二年生の時、母親の不倫相手が変わった。由美子が高校二年生になった時、深夜、男の車で帰ってきた母親を出迎え、車の中の男を見据えながら、「おかえりなさい」ときつい声で由美子が言った後、母親はその男と付き合うのをやめた。しかし、その後も、母親は口癖のように言い続けた。

「あなたがいなければ、私はこの家を出て行くのに」

私を言い訳にしないで、出て行きたければ出ていけばいい。由美子はいつもそう思っていた。娘だった由美子が母親に一番してもらいたくないことが不倫だったから、子供を産んで母親になった由美子自身が夫以外の人を好きになることは考えられなかった。


由美子はその男に会わずに惚れた。男の存在を知ってから、二カ月経っていなかった。娘の家庭教師の勧めで、秋にパソコン通信の会員になり、「受験生の母」として発言を始めた。保護者として異論があれば、ぜひ発言してほしいと、家庭教師は言った。

インターネットが普及する直前まで盛んだったパソコン通信は、発信者のメールを大勢の人が読むメーリングリストのようなものだった。会員になれば、いつでも発言することができた。塾や予備校関係者が集まるその場には、アクティブと呼ばれる発言者が五十人ほど、ロムと言って読むだけの会員が何百人かいた。毎日、何十も長い文章がアップされていたが、画像添付や写真が掲載できる機能はまだなかった。

塾の講師をしているというその男は、ユーモアがあって論客で、バーチャルなその場で一目おかれる存在だった。真剣な議論が揉め事に発展することがよくあったが、そんなときの彼の仲裁が由美子には見事に思えた。どちらにもおもねることなく、どちらにも寄り添う気持ちがある、というふうに見えた。学歴主義を脱しきれなかった由美子には、その男が夫と同じ名門大学の出身というのも見逃せないことだった。そして、彼は由美子より五歳ほど年上で独身だった。

それぞれが私事を交えた書き込みをするので、入会後しばらく経つと、会ったこともない男について、由美子はそんなことを知っていた。大晦日の夜に「天啓のように惚れた」と思ったが、その男は、由美子が望ましいと思う条件をたくさん満たしていたのだった。

由美子が書き込みを始めて一カ月ほど経つと、二、三度、その場で男とやりとりをしていた。「ようこそ」という歓迎を何人もの発言者から受けた後、「公教育の崩壊」というタイトルの男の書き込みが興味深く、由美子はそれに返事を出した。受験生の母として、公立学校の教育現場がやがて崩壊の時を迎えるのではないかという思いは、塾の講師をしているというその男同様にあった。どうやら二人は、ずっと公教育で育った者らしく、人一倍、公立学校に対する思いも深い。だからこそ……。それが共通項だった。

由美子とその男が少し違うところといえば、由美子は公教育の現場にも、手をこまぬいている行政にも怒りを感じていたが、男にはどこか諦念のようなものが見えた。由美子が男を「弱腰だ」とからかうと、男は中島みゆきの歌詞を返した。

強気で強気で生きてる人ほど
些細な寂しさでつまずくものよ　（「誕生」）

私は強気に生きているけれど、本当はとても寂しいのかもしれない。
由美子は、ふと、そう思った。その歌詞を初めて知った由美子は、歌詞の中にある優しさや哀しさに強く惹かれた。
歌を寄越した相手に対して、かすかに甘やかな感情が生まれたことに由美子は気付かなかったが。

クリスマスが近づいた頃、由美子が住んでいた家から一時間ほどのところで忘年会が開かれることになった。由美子はとても行きたかったが、夫に「行きたい」と言わなかった。仕事や家庭のつきあい以外に、こういった趣味的な会合に由美子は出かけたことがなかった。
娘の中学受験のために自分の仕事をセーブし、その受験が迫っているときに、何を呑気なと、夫は言うに違いない。いや、由美子自身がそんなことをこの時期にしてはいけないと思っていた。

忘年会の後、男は自分の部屋に帰ってネットに書き込みをしていた。友人はその文章を面白いと言ったが、由美子はひゅーひゅー風が鳴っているような、男の深い孤独を感じた。

元旦の夜、「お会いしたい」とメールを送った。三日ほど経ってから、「会えない」と返事がきた。由美子は毎日メールを送り続けたが、単刀直入に「好きです」と書けなかった。相手が自分に好意をもったときに、初めてラブレターになるようなメールだった。男は、ずっと後になって、「あなたのメールは、意味がよくわからなかった」と言った。「バーチャル恋愛をしましょうという誘いなのかと思った」とも。そして、「会わずに異性を好きになることは私にはありえません」とも言った。

一月半ばになって、「メールでやりとりをするつもりはないが、電話なら」という連絡がメールで届いた。男は慎重だった。

家族が寝静まった夜更けに電話した。携帯は持っていなかった。男と話すために携帯をもつという発想は由美子にはなかった。

男は張りつめるいい声をしていた。そして、由美子にこう言った。

「話し方が中島みゆきに似ていますね」

中島みゆきがどんな話し方をするのか知らなかったが、男が好意的であるのはわかった。

彼は、塾で主に算数を教えているが専攻は倫理学で、日本史では鎌倉時代が好きだ、と言った。由美子は平安時代か江戸時代が好きかなと答えた。他愛ない、そんな会話が楽しかった。

あいかわらず、由美子はメールを送り続けた。その頃から、彼が好きな中島みゆき風の詩を送った。長い間、詠んだことがなかった短歌も湧くようにできた。彼はときどき、電話でそれらを話題にした。

「この家を出たいんです」

と、深夜の電話で由美子は言った。

「友人として、支援しますよ」

「友人としてではイヤです」

「私は、『前科者』で『失業者』で『インポテンツ』です」

「それがどうかしたんですか」

と、由美子は答えた。

「前科者」は学生運動で逮捕歴があるから。「失業者」は塾の常任講師から非常勤になって失業保険をもらっているから。「インポテンツ」は初めて聞いたが、同程度の誇張があるのだろうし、本当にインポテンツだったとしてもどうということはない、と由美子は思った。「惚れた」

と思った大晦日のあの夜から、由美子は夫婦の寝室に行かず、リビングのソファベッドで寝ていた。

翌日、電話をかけると男が言った。

「『前科者で失業者でインポテンツ』だと言ったら、普通、電話をかけてこなくなるんですが」

「そういう方がいらっしゃったんですか」

「いました。一人は半年ぐらい前、もう一人は二、三カ月ぐらい前でしたが」

なんだ、女除けの言葉なのか、くだらない。そういうスノッブな女たちと一緒にしないでほしい。彼女たちが電話をかけなくなったことが、由美子にはよくわからなかった。彼の言葉の中にあるのは、客観めかした男の自嘲で、惚れた女というものは、そういうものの言い方をする相手を勝手に可哀想がって、深みにはまっていくものではないのか。少なくても由美子はそうだった。

由美子は日に日に、家での暮らしが上の空になっていった。夫と子どもの食事を作り、話し相手をすることが苦痛だった。仕事なら、家族の世話がおざなりになっても、上の空で子どもたちの話を聞いていても、申し訳ないと思ったことはなかったのに。家族のために料理を作りながら、好きな男のことを考える自分に驚いていた。料理をしていると、彼は独りでどんな食事をしているのだろうと由美子は思った。

二月に入って娘の中学受験が始まった。娘の試験が終わるまで喫茶店で待ちながら、由美子は男に送る詩を書いていた。その詩はどこか中島みゆき風だった。娘の受験が終わると、男と会う約束ができていた。

二月十一日午後五時、初めての待ち合わせは新宿の喫茶店。夫は休日出勤だった。由美子が先に着いたようだった。入り口が見える場所に席をとって、彼がやってくるのを待った。入り口に、小柄な男が見えた。

薄いナイロンのナップザック（デイパックではなく）を提げ、ジーンズをはき、ジャンパーを着ていた。全体に、みすぼらしい感じがした。挨拶をしたら、もっと驚いたことがあった。一本の前歯が少し欠けていて黒かった。四十代半ばで前歯が欠けたままの男を見たことがなかった。そういえば、志村けんの「ヘンなおじさん」がいるが。

「前科者で失業者でインポテンツ」という彼の言葉には驚かなかったが、前歯が欠けた男には引いた。「前科者で失業者でインポテンツ」であることと「前歯が欠けていてみすぼらしい」ことは、とても近い関係にあることに、由美子はその後も長く思い至らなかった。

はずまない会話の中で、「映画はどうでしょう?」と言ったのは由美子だった。見たい映画は時間が合わず、時間つぶしのように映画館に入った。二人並んで座ると、彼は、由美子から離れたほうの自分の膝に両手を重ねて置いた。全く失礼な人だ、私が彼の手を握るとでも思っているのかしらと、由美子はずいぶん不愉快だった。

映画館を出て、軽く食事をして、別れた。

由美子は、男の頭と心に惚れ、外見で冷めた。その後、男に会った友人たちは、「かわいい」とか「ニュアンスのある人」だとか言ったが、由美子にはとうとうそれがわからなかった。前歯が半分欠けている。それだけで由美子にはアウトだった。新宿の地下道から段ボールをたたんで喫茶店にやってきたと言ってもいいぐらいの雰囲気に、由美子には思えた。清潔感のある夫や趣味のいいものをさりげなく身につけた仕事関係の男たちとは全く違っていた。

しかし、由美子は婉曲にだが、「好きです」「惚れています」と百回も書いてメールしていた。それで出会ったら「外見がひどいからやめました」。それでは女がすたるじゃないか。ひたむきな恋は欠けた黒い歯で雲散霧消。義理と人情であの男とどうつきあうというのか。

由美子は毎夜かけていた電話を、次の夜はかけなかった。

翌日の午後、電話がかかってきた。

「今度、いつ会いますか」

と、男は言う。

「二週間後ぐらいでしょうか」

「そんなに会わなくていいんですか」

男は心外そうな、ちょっとがっかりしたような口ぶりになった。思いがけない言葉にとまどったが、少しうれしかった。

一週間ほどして、新宿駅西口の改札前で落ち合った。

彼は散髪したばかりの様子で、革のジャンパーを着ていた。革のジャンパーの下にブレザーを着てネクタイを締めている。ジャンパーの首に近い部分から白いワイシャツとネクタイが覗き、ジャンパーの裾からブレザーがはみ出している。

最悪のコーディネート。

そんな格好をした男と並んで歩くのが恥ずかしかった。しかし彼が「めかしこんできた」のは一目瞭然で、由美子は悪い気はしなかった。

先日見そびれた映画を見た後、新宿の裏通りを歩いていると、サラリーマン風の大男の酔っぱらいがふらついた足で歩いて来た。二人の真正面へ向かってどんどんやってくる。酔っぱらいが由美子のほうに左手を差し出したとき、男は左手で弧を描くようにその手を払い、大男の下をくぐって右に出た。右側にいた由美子も彼の歩にあわせて右に歩く。酔っぱらいは、そのままふらふら通りすぎた。由美子は彼に上手に守られた、と思った。大人になってから、こんなふうに男に守られた記憶が由美子にはなかった。

新宿駅の改札口で別れる時、彼は手を差し出した。手のひらが上を向いていたから握手ではない。何を求めているのか、由美子はしばらくわからなかった。彼の手の上に自分の手を載せればいいんだと気がついて、右手を載せた。彼の手が由美子の手をそぉっと包んだ。肉厚の温かい手だった。何秒も、そうしていた。改札口の雑踏で、止まったままの二人を人波が避けて通り、二人を振り返る視線に気がついて、きまりが悪かった。「じゃあ、また」と別れた。

電車に乗って、つり革をもって立つ。阿佐ヶ谷を過ぎたあたりで、つり革を握った右手がじんじん痛い。右手を見ても、怪我はしていない。それに痛いのは右手の皮膚ではなく、芯のほうだった。原因を考えた。由美子の右手が男の手に包まれたからだ、と思った。そんな馬鹿な、と、しばらく半信半疑だったが、それ以外に原因は考えられなかった。翌日になっても、手の芯がずきずき痛かった。

　由美子の身体の芯が彼を欲しがっていると思った。

　逢っているときより、こうして離れているときのほうが、彼のことをずっと好きだった。「彼」という人物の想像から始まった由美子の婚外恋愛は、男の外見でいったん醒め、たかが手でも男の肉体に触れてそれをとても好ましく思い、「進め！」と、言っていた。

　由美子は男に掴まるのは嫌なほうだった。かといって、積極的に男を掴まえようとしたことはなかった。夫とは見合いという枠の中で、互いに歩み寄った。結婚後、恋愛のような感情をもったことはあったが、子どもに対する教育観の違いもあり夫婦間は冷めきっていた。

「今度こそ、男を掴まえてみろ！」

　勇ましいほうの由美子がそう言っていた。由美子はまだ四十代のはじめだったが、この機会を逃すと、一生この家で暮らすほかなく、いつか病む人間になってしまうような気がしていた。

　翌日、由美子は彼へのメールに「新宿で別れた後、右手が痛くなりました」と書いた。返事には、ただ「腱鞘炎には気をつけてください」と、あった。

　それから何日か経って、家族が寝静まった後、由美子は車を出した。ナビはついていなかった。彼の住所まで一時間余りだろうと見当をつけた。

二時間近くかけて探し当てたアパートの彼の部屋には電灯がついていた。

鉄の外階段はそっと上がっても、カンカンと音がした。

階段を上って一つめの部屋に、「渡辺博」と表札があった。

チャイムを鳴らすと、しばらくして、ドアが開いた。由美子を見た時、彼は「どうも」と言ったかどうか。そう驚いているふうではなかった。

「来ちゃいました。ちょっといいですか?」

「……どうぞ」

六畳ほどのキッチンの奥に、六畳の和室。襖を立てた向こう側にも部屋があるようだった。キッチンは暗いままでよく見えなかったが、部屋は適度に片付いていた。ホームごたつに「どうぞ」と彼は言い、「紅茶でいいですか」と台所に立った。台所の明かりがぼぉっとついて、その中で「レモンですか、ミルクですか」と彼が尋ね、由美子は「ミルクを」と答えた。

深夜に男の部屋を訪ねたということだけで由美子は目的を果たしていたから、とくに話したいことはなかった。本当に言いたいことはメールで言える、メールでしか言えない。それに、由美子はまだ男の外見に違和感をもっていたし、男との間には距離があった。ホームごたつに九十度の角度で座ってマグカップを手にしながら……。沈黙と沈黙の間に、二人は中島みゆきの歌について話した。

その部屋に、二時間足らずいて、由美子は帰った。家についた頃、冬の夜がうっすら明け始めていた。

翌日、彼からメールが来た。

「気づいたことと思いますが、テレビの下の棚にポルノビデオが二本あります」

由美子は、そんなものに気づいていなかった。もともと由美子は彼の部屋を検分に行ったのではなく、二人きりの場所で彼といたかったのだから。それに、独身者がポルノビデオを見ていても、不思議ではない。そういうこともあるだろうと思った。

次の夜も、その次の夜も、由美子は男の部屋に通った。何日か経ったとき、「今夜、私の部屋の風呂に入ってくれませんか」とメールがきた。その夜、由美子は彼の部屋の風呂に入り、また、驚いた。湯船には人口的な香りがする入浴剤が入っていたが、新しい湯ではなかった。三～四日沸し直しているのではないかと思うような湯だった。ドロドロの湯に律儀に思い切って入ると、湯船の底がぬるっとしていた。かえって汚れるような気がして身体を固くして浸かり、早々に風呂から出た。男は入ってこなかった。ためらっているうちに由美子が出てしまったのか、「一緒に入りたい」と書いていなかったから、もともと入るつもりがなかったのか。

日に日に、息が苦しくなる気がしていた。由美子は一刻も早く、この状況を脱したかった。退くことは考えられなかった。惚れたと思った瞬間から、由美子は家を出ることしか考えていなかった。

しかし、家族が寝静まってしまうまで、由美子は妻と母をした。


三月になった。娘が通うことになった中学校の入学準備説明会に行ったとき、マネキンが制服を着て立っていた。それを見た時、由美子の足下から冷気が全身に走った。

愛する娘をおいて、おまえは家を出るというのか。

中学三年生になる息子と中学一年生になる娘。由美子は子どもたちを愛していた。とても、とても、とても……。とても愛している。それでも家を出るというのか。子どもたちをおいて。

子どもたちを連れて家を出ることは、最初から考えていなかった。夫の両親も夫も絶対にそれを認めないと確信していたからだが、由美子には連れて出た子どもたちを現在と同程度の生活環境に置く自信がなかった。そして、女として最初で最後の機会だと思っていた。

足が震えようと、全身が氷のように冷たくなろうと、自分を人でなしだと思おうと、「家を出る」という決心は揺らぐことがなかった。

深夜に彼の部屋に通い始めて、何日ぐらい経った頃だったろうか。いつものように、ホームごたつに九十度の角度で座っていたとき、彼が由美子を抱きしめた。そして、あのときの手と同じような肉厚の厚い舌が、由美子の口腔内を舐めまわし、からむように動いた。キスだけで由美子の中の女が眼をさますようなセクシャルなキスだった。と思うと、彼は由美子を押し倒した。押し倒されたそのことよりも、押し倒され方に驚いていた。由美子の足をからめて払い二人は抱き合ったまま横に倒れた。彼の熱いセクシャルなキスが続き、手が胸に伸びたとき、由美子は縛っていた髪の毛をほどいた。その動作で、彼ははっとして手をとめ、キスをやめて起き上がった。

思い出す光景の一つに、彼の部屋からの帰り道がある。

車の中では、いつも中島みゆきのアルバム「EAST ASIA」がかかっていた。彼がパソコン通信の場で引用した「誕生」が入っているアルバムだ。「やばい恋」「荻野原」「此処じゃない何処かへ」「妹じゃあるまいし」「二隻の舟」「糸」。どの曲も、由美子の心にずきずき響いた。

夜が明け始め微妙に変わる空の色が、ほんのひととき淡い紫を帯びる。

——春はあけぼの。やうやう白くなりゆく山ぎは少しあかりて紫だちたる雲の白くたなびきたる。

空の色が紫がかって見えたのは、「枕草子」の冒頭の一節からかもしれない。はじめに言葉ありき。

県境の川を渡るとき、ふっと歌が生まれる。

　後朝の別れなりけり紫の空の 白みて川を超えゆく

明けそめる空の色が変わるのを見ながら、車の中の由美子は瞬時の、でも深い幸せを感じていた。

だんらんなの？

この人が家にやってくると、オレはなんだかハイになる。今夜だってそうだ。

「大学入ったら、女の子とつきあわなきゃいけないみたいな強迫観念、あるんだよな」

これ、オレの本音。

「そう思うんだったら、誘ってみればいいじゃん」

容子が言う。こいつはオレより三歳も年が下だが、年上のような口を聞く。

「そう言うけど、オレ、二カ月前まで高校生だったんだよ。それも男子校。そんなに簡単に女の子、誘えるわけないよ。そんな急に……」

これもオレの本音だが、ちょっとサービスが入っているかもしれない。その気になったら、オレ、誰に相談しなくても女の子を誘うことぐらいできると思うんだ。この話だってドイツ語の授業で隣の女子学生と会話をすることになったとき、オレがサッカー・サークルのマネージャーにならないかと誘いまくったってのが、発端なんだから。そんなオレの気も知らないで、そばに立ってるこの人は、ひたすら突撃してくる。

「じゃあ、アンタ、女の子誘って今日は喫茶店の百歩前、次の日は五十歩前、その次の日はドアの前って、ちょっとずつ間合いをつめてけば」

「悪かった、オレが悪かった。ツッコミのきつい人に、馬鹿なこと言ったオレが悪かった」

まぁまぁ抑えてと、オレは椅子から立ち上がり、そばに立っているこの人に握手して親愛の情を表した。

オレのことを気安く「アンタ」と呼び、オレが握手してなだめるこの人はいったい誰だって？　残念ながら、麗しい家庭教師のお姉さんじゃない。ちょっと変わったオレのおふくろっていうイメージからは、ほど遠い。だいたい、もう三年も主婦業を放棄している。名前は九里子。

で、オレは気の強いおふくろと妹に囲まれて、こうやって週に一度、だんらんをやる。だんらんなの？　って感じもするが、ま、いいだろ。だんらんってなんなの？　と思うが、まぁ、後でググってみるか。

向かいの席に座っている容子は、オレと九里子サン（と、ここでは言うことにする）のじゃれあいをヨクヤルヨと言いたげに笑っている。オレがフール役をやるならと、容子は冷静・沈着・客観をモットーとしている。最近、その傾向がますます強く、妹の毒舌にやられる頼りない兄の役をオレはやっているというわけだ。一応、カッコつけて言えば。

九里子サンは容子と並んで向かい側に腰かける。オレ、ふと年来の質問を九里子サンにしてみたくなった。

「お父さんさぁ、恋愛なんかしたこと、あるんだろうか」

「さぁ」

と言ったのは、容子。したことないんでしょ、きっと、と容子の顔が言っている。オレだって、たぶん、そうじゃないかと思っている。九里子サンは曖昧に笑って答えない。この間の九里子サンとちょっとそこが違う。


この間、オレと九里子サンは久しぶりに新宿で買物をした。九里子サンは大枚はたいて合格祝いにちゃんとしたスーツを買ってくれた。そういうところが、二万円のスーツでいいという親父と違う、この人の気前のいいとこ。

なんの話だったっけ。そうだ、九里子サンの対応の違いだ。

買物の後、容子と待ち合わせの時間まで、ほんの少し時間があって、オレたちは喫茶店に入った。そのとき、オレ、聞いてみたんだ。

「お父さんと、どうなの?」

「ダメ!」

「全然ダメ?」

「全然ダメ！」

「どうして？」

「私が家を出たいと言ったら、『何をしていてもいいから、三年はいてくれ』って言ったわ。『何をしていてもいいから』って、妻に対してそんな言い方ってある？　私の心はどうなるの？」

九里子サンはムキになって言った。このとき、九里子サンはムキになるあまりに、ひとつ、ふたつポカをやった。

まず、オレは九里子サンの息子であるが、親父、孝一サンの息子でもあるということ。九里子サンと孝一サンが合わないのはオレにもわかる。どうしてこんな正反対の二人が夫婦として長い間暮らせたのか、オレはそれが不思議なくらいだ。九里子サンは切れば赤い血が出る人だ。切らなくても赤い血がたぎっている人だ。孝一サンは決して血を出さない人だ。用心深く刃物を使う人、それとも刃物には近寄らない人、かな。

金銭感覚も違う。派手と地味。にぎやかな革新とおだやかな保守。それくらい二人の気質は違う。

だけど、何度も言うようだけど、オレは孝一サンの息子でもあるんだ。だから、孝一サンの気持ちもわかるような気がするんだ。表現は下手だし不器用な人だけど、孝一サンは孝一サンなりに九里子サンのことを愛しているんだよ。本当に。九里子サンに家に居てもらいたかったんだよ。オレや容子のことももちろんあるけど、それだけじゃないってこと、九里子サンも本当はわかってるんだろ。

そんなオレの気持ちは言葉にならず、なんだか気まずくなって、その話はそれでおしまいになった。オレは、もっとちゃんと話を聞くべきだったろうか。このままその話題が続いたら、九里子サンは孝一サンの両親、つまりオレのじいちゃん、ばあちゃんのことを言ったろうか。それとももっと決定的ななにかを言いそうな気がして、オレは不快な表情をすることで、その話題を終わりにしたのだろうか。

ふたつめ。「何をしてもいいから」と孝一サンが言い、それに対して九里子サンが「私の心はどうなるの?」と思ったってことは、九里子サンには男がいるってことじゃないだろうか。はずれればいいが、たぶん当たってるだろう。その他いろいろを類推憶測邪推したら、ここに落ち着く。子どものカンってのは鋭いよ。九里子サン。

一方ではこんな偉そうなことを言いながら、一方では聞くのが恐い。なんだか、オレ、親父と似てるかもしれない。

九里子サンは一生懸命オレを育てた。ときおり一生懸命になりすぎるキライがあったけど、オレは愛されて育ててもらったと思ってる。そいでもって、九里子サンの子育ては途中から方針変更があった。途中から、「父親よりイイ男になれ」って、オレを育てた。中学生になったころから、オレはびんびんそれを感じていた。

それで、九里子サンのイイ男の条件のひとつは、ちゃんと恋愛できること、なんじゃないかと思っている。だから、オレは大学に入ったら女性とつきあわなきゃいけないような強迫観念があるって言ったわけ。だから、親父の恋愛歴について尋ねてみたわけ。そんな話から、九里子サンが家を出た理由が、ぽろっとあのときのようにこぼれないとも限らないし。

新宿でのことを思い出したからだろうか。九里子サンが珍しく戸惑って微笑している時間が、長かった。オレはフールを続ける。

「でもさ、最近のデートって、どうするんだろ」

容子が答える。

「お茶にでも誘えば」

「映画とか」

これは九里子サン。

「最初っから、映画はないんじゃない？」

「どうして？」

「だって、映画館、暗いんだよ」

「暗いからってどうってこと、ないと思うけど」

二人の意見をオレは拝聴する。

「ええっ。だって、暗いとこで二人で……。最初に映画に行くなら、グループでじゃない？」

「暗いって言ったって、映画観るだけじゃない」

「そりゃ、そうだけど……。まぁ、お母さんが言うなら、その方法でいいのかもね」

喫茶店と映画、そう揉めるなって。

「まぁまぁ、わかったから。喫茶店か映画ね。だけどさぁ、その前に、オレ、背、低いっていう問題があるからなぁ」

容子と九里子サンは顔を合わせてケタケタと笑った。

「容子、あの話、お兄ちゃんに教えてあげた？」

「まだ。言ってない」

さっきは意見の相違ですれちがっていたのに、二人はたちまち同志になった。こんなときはびっくり箱から何が飛び出してくるか、わかったもんじゃない。

「なんだよ」

オレは身構えて、言う。

「あのね、電車の中吊り広告にあったの、雑誌の広告が。その中に『背の低い男が、今、なせこんなにモテルのか』っていうタイトルがあったわけ」

「お母さんと容子は別々にそれを見たんだけど、二人ともしっかりチェックしてたのよ。で、それなら、お兄ちゃんもイケルねってことになったの。ねっ、容子」

「うん」

「どうして、背が低いとモテルわけ?」

「そりゃ、かわいいからでしょ」

「と、容子は言うんです」

と、おどけて九里子サン。

どうして背が低いとカワイイんだよ。カワイイともてるんだよ。ったく。そういうの、女尊男卑じゃないの?

オレが九里子サンのことで一番わからないのは、九里子サンがフェミニズムってものに入れ揚げてるらしいことだ。オレの目から見たら、この世は男尊女卑じゃなくて女尊男卑に見えたりする。この家の中だって、容子と九里子サン、オレと親父を比べたら、オレにはそう見える。いつかそう言ったら、九里子サンは何かを言いかけてやめ、「社会構造として見なきゃ」と言った。

言いかけた何かは、新宿のときのような九里子サンの本音だったと思う。オレはそれを聞きたいのか、聞きたくないのか。それがオレにもよくわからなかったりする。やっぱり聞きたくないのかもしれない。聞いてわかれば、九里子サンの味方になってしまう。わからなければ、孝一サンの味方になってしまう。事はそれほど簡単ではないのかもしれないが、オレはどちらとも等分の距離を置いていたい。九里子サンが家を出たこととどれほど関係があるかはわからないが、全く無関係っていうことはないと思う。だから、オレはフェミニズムを警戒している。

でも、その一方で興味がなくもない。九里子サンがフェミニズムとかについて話すときのひたむきさは、オレに九里子サン自身をわかってほしいというより、「いい男になってね」「女と男の関係がわかる男になってね」というオレへのメッセージをずっと強く感じるからだ。いつかきっと、いや、かなり近いうちに、オレは社会学や女性学の本を読むだろうと思う。それはオレ自身が九里子サンのいう「イイ男」になるためではなく、九里子サンというオレたちをこの家に置いて出ていったこの人、だけどオレたちをせつないほど愛しているこの人の行動を解明するひとつの手がかりとして？

九里子サンが、母親の顔をして言う。

「背が高いとか低いとか、顔がどうだとか、そんなことナンにも関係ないのよ」

「ある人を好きになったら、その人が自分の好きなタイプなんだよ、お兄ちゃん」

「おお、容子さん。いつのまにか、大人になられて」

九里子サンが容子をからかう。

「そんなの、どのマンガにだって書いてあるよ」

しゃらっと、容子。

「でもさぁ、女の子を喫茶店に誘って、何、話すんだ？」

「じゃあ、聞く？『僕はあまり女性と話したことがないから、何話していいかよくわからないんです。どんな話題がいいですか？』とか」

容子のツッコミは、いつもながら、なかなかきつい。

「駄目だよ。そういうの、サイテーだよ」

冴えないオレの返事。

「そういう男の子もマンガに出てくるの？」

と、九里子サン。

「出てくるわけないよぉ。そんな男の子が主人公に出てきたら、ぜぇったいみんな読まないよ」

容子は、架空のマンガをポイと投げた。

「主人公じゃなくって、脇役。アクセントとしてよ」

九里子サンが食い下がる。

「アクセントだって駄目だよ。それ、出てきたとたん、マンガのトーンがひゅぅぅっと落ちる」

オレの右手が下に向かって急降下する。

「そうか……」

言いながら、九里子サンが椅子から立ち上がった。

週に一度のだんらんが終わった。時計は八時四十五分を指していた。いつもの時間より遅い。もうすぐ孝一サンが帰ってくる。オレは孝一サンに九里子サンを会わせたいと思っている。孝一サンと九里子サンが顔を合わせたとたん、タイムスリップして九里子サンが家を出る前のあの四人に戻れるかもしれないと、そんな馬鹿げた空想をしているのだろうか。「絶対にダメ！」と九里子サンのあの言葉を聞いた後でも、大学生になっても、そんなことを思うのは結構、オレって気弱な奴かもな。

オレがいつもだんらんを延ばそうとすることも、その理由も、九里子サンのことだから気づいているかもしれない。

九里子サンが、玄関に行った。オレはリビングから声をかける。

「行ってらっしゃい」

オレはいつもそう言う。ほかに言いようがないじゃないか。容子はいつも黙っている。

九里子サンは、そのときどきに陳腐なことばを連ねる。勉強だとかクラブ活動だとかを「頑張ってネ」と明るく。


九里子サンがこの家を出ていってまもない頃、オレがまだ高一だったころ、リビングの椅子に座ったまま容子が涙ぐんだことがあった。容子の大きな目にうっすらと涙が浮かんだのを見たとき、

「あいつは、なんていう母親だ」

そんな言葉が口をついて出た。容子はなかなかカワイイ奴だったのだ、その頃は。オレはシスコンか？　それはともかく……、涙を浮かべながら、容子がそのとき言ったんだ。

「お兄ちゃん、お母さんはすごく私たちのこと、愛してくれてるよ。だから、家を出てもこうやって私たちに会いに来るんだよ。そこはわかったげなきゃ」

容子がそう言ったときから、オレは妹に頭があがらなくなった……のかな。なんだかよくわからないが、容子も九里子サンも凛々しいなぁって思う。

# 狩人の朝

午前十時すぎ。あなたはベランダで洗濯物を干していた。今日のあなたは長い髪を一つにまとめて、ゆるい三つ編にして肩から胸へたらしている。あなたを覆う赤いチェックのエプロンが、あなたを童話の主人公のような印象にしている。今日もとても可愛い。でも、なんだか眠そうに見える。遅くまで、編み物に精を出していたのかな。それとも昨日駅前の書店で買ったあの本を読んでいたのだろうか。

心配事があるってわけじゃないよね。単身赴任のご主人のことが、気がかりなんだろうか。それとも、幼稚園に通う純君のことですか。純君のことは、少し耳にしてます。女の子にかすり傷を負わせたぐらいで、そう悩まなくていいですよ。男の子は、それぐらいでなきゃ。あなたやあなたの息子さんを悪く言うのは、ひどい。あなたは誰よりもやさしくて、誰よりも美しい。純君はあなた似で、茶色がかった瞳と長い足を持っている。わんぱくだけど、ほんとうはとても繊細なお子さんだ。あなたたちのように、見ている者をやさしい気持ちにさせる親子に遭ったことがない。ほんとです。

それに、あなたはとても慎み深い人ですね。いつもあなたの下着をタオルで囲むようにして干す。ほら、今もまた籠から取り出したベージュのブラジャーを真ん中に干している。意外に大きいんですよね、あなたの胸は。ぼく、あなたの胸を包む布もはっきりと見たいんです。だから双眼鏡を買うことにしました。ああ、ご近所の奥さんに挨拶をしている。

今日はじめての笑顔だね。なにかしゃべっている。遠くからでも、あなたの声が聞こえる方法があればいいのに。ここに引っ越してくる前は、あなたの姿を毎日一目でも見られればいいと思っていた。でも、どんどん要求が大きくなって、ぼくの身体はそんな要求の内圧でいまにも裂けそうだ。


ぼくはあなたの姿を見ているだけでいいと思った。声を聞いているだけでいいと自分に言い聞かせた。あなたと話すことはおろか、あなたを抱きたいと思ってはいけないし、ただあなたを見ていられるだけで充分幸せなんだと言い聞かせた。でも、駄目なんだ。そんなことでは我慢できない。

悪いか？　それが悪いことなのか？　誰だって幸せだと思える瞬間を持っていいはずだ。あなた以外にぼくの幸せはないんです。あなたが必要なんです。あなたの笑顔とあなたの声とあなたの身体とあなたの心。ぼくはいつかそれを手に入れてみせる。

あ、悪かったです。つい興奮しちゃって。お願いだから部屋に入らないで。あなたの姿を見られるだけでいいです。でもたぶん、電話なんだね。だってあなたはほんの少しの間、電話の音を確かめるようなそぶりをしたから。

　ぼくはなんだってあなたのやろうとすることがわかる。していることがわかる。って、まだそんなうまくいかないけれど、いつかそうなりたいと思うんだ。誰よりもあなたの願いやあなたの喜びがわかる人になりたい。

　早くそうなれるように、今日もあなたに電話します。


　十分たってもベランダにあなたの姿が見えない。長電話は止めなよ。ぼくがレースのカーテンの陰から、あなたを待っているんです。ぼくはいつまでだってあなたを眺めていられるんだ。月に二度ばかりあなたのところへ帰ってくるご主人とは違うんだ。あなたがベランダの観葉植物に水をやっているのを、ご主人がそばで眺めている。そんな光景だって、ぼくは眺めていたよ。あなたがぼくの視界の中にいるなら、世界中で一番憎らしい奴と一緒であっても、ぼくはあなたを眺める。あの夜、あなたの部屋の光、が消えた後も、あなたの部屋を見つめていたことを知ってるかい。

　今日の午後、あなたにそのことを話そう。すると、あなたは何て言うだろう。受話器の向こうで、あなたはきっと哀しい目をしてくれるね。そんなあなたの目を想像するだけで、ぼくの中心は屹立する。屹立するって、いい言葉ですね。このあいだ、本で見つけたんです。屹立。ぼくは、この言葉が気に入りました。冗談ですよ、冗談。そんなこと、あなたに面と向かって言いません。ぼくはとても小心でマジメな奴です。ほんとです。

あと五分、待ちます。それでもあなたが現れなかったら、ぼく、いつものようにあなたを愛することにします。

あなたはこの部屋に来たことがないけれど、もしこの部屋に来たらぼくの生活がどんなにあなた中心に回っているのか、よくわかってもらえると思う。あなたの家のベランダが見える北側のこの部屋には、小さな椅子が窓に向かって置いてある。この椅子を買うとき、あちこちハシゴしたんです。ぼくはロッキングチェアに憧れていたから、よほどそれにしようかと思ったけれど、考えてみたらゆったり身体を揺らしながらあなたを見つめるなんてこと、できるわけがない。だからクッションの入っている椅子や、長時間座って楽に仕事ができますなんていうような椅子を、ぼくは断固拒否しました。

椅子を見て歩いているとき、一瞬ね、こんなイメージが浮かんだんだ。椅子にはぼくの腕をがっしりと受け止めるひじ掛けが付いている。腰を降ろす部分は、尻の形に添ってほんの少しくぼんでいる。身体が直角に曲がる部分には黒いベルトが渡してある。そう飛行機の安全ベルトみたいにね。それから胸の上にも、ふくらはぎの上にも黒いベルトが締められるようになってるんだ。あなたを見ているうちに、ぼくの魂があなたのところへ飛んでいってしまわないためのベルトです。ぼくはそんな椅子にすごく心を惹かれた。いや、実際に見たってわけじゃないんです。そんな特別製の椅子を造ろうかと思ったわけです。

でも、やめました。ぼく、軟弱だから。いろんなこと思うんだけど、そうやって思うことの中身、わりとイイ線いってると思うんだけど、実行することはあんまりないんです。ぼくがアレコレ想像することを全部実行できれば、天才だと思う。結構マジで言ってるんですよ、ぼく。誰もそんなこと知らないけれど、誰にも知ってもらいたいとは思わないけれど、あなたにはそんなぼくを知ってもらいたい。

ぼくもやるときはやるんだ。でもベルト付きの椅子を作るのなんかには燃えない。もっとほかのことに燃えるんだ。ぼくが燃えてもいいことを、ずっとずっと探してきました。今は燃えることが見えたから、ぼく、少しだけ幸せです。もう少し、ぼくの幸せをパワフルにしてやりたいと、思ってるとこです。

ええっと、なんの話だったっけ。そう、この部屋の様子をあなたに話しているところでしたね。そんなわけで、この部屋にあるのは小さな椅子です。背もたれは十五センチくらいで、座るところはぼくの尻がようやく載る程度。でも、バーの椅子を想像しないでください。あんなに腰掛ける位置は高くないし、あんなに気障ったらしくないですよ。あなたに似た清楚なパイン材の椅子です。でも、あなたを眺めていると屹立する部分の真下にちょうど黒い楕円形の節があって、遠くから見れば清楚な椅子なのに、座るとすごくエロチックなんです。すごく、すごく、エロチックなんだ。ああ、どういったらいいんだろう。ぼくのあの部分の下には、清楚なあなたのエロい部分があるんです。だから、ときどきぼくはこの椅子をあなたの代わりみたいに思ってしまう。この黒い楕円形の節のおかげで、ぼく、少し幸せになれるんです。でも、それ以上に自分が不幸に思える時間のほうが多いんです。

こんな椅子なんか選ばなきゃよかった。

ぼくに幸せと不幸せを教えてくれるその椅子の左側に、サイドテーブルを置いています。サイドテーブルの上にはガス入りのミネラルウォーターの瓶がいつも二、三本。今は三本置いてあって一本だけ空になってます。

このミネラルウォーターは、きっとあなたに気に入ってもらえると思うな。それから、あなたに聞かせたい音楽があります。クイーンです。一回聞くと、はまると思います。

どうしてなんだ？　なぜ出てこないんだ？　ぼくがこんなにあなたを待っているというのに。ああ、わかった。あなたはぼくをじらしているつもりなんですね。でも、そんなことしなくても、ぼくは充分あなたを愛しています。だから、じらされると苦しいんです。あなたが突然見えなくなると、ぼくはだんだん息が苦しくなります。

わかった。あなたはぼくに苦しみを与えたいんだ。そいでもって、ぼくが苦しみで一杯になって息ができなくなったら、もう一度あなたの愛を確認するために、あなたを愛しはじめる。それがあなたの企みですか？　それがいいのか？　それがいいんですね。

振り返ると、ベッドの上に赤いエプロンが見えた。それから白いセーターとスカート。掛け布団がほんの少し盛り上がって、あなたの長い髪の毛が見えている。やっとぼくの部屋に来てくれましたね。あなたはあの部屋で電話中だと思っていました。うれしいです。

掛け布団があなたの息にあわせて、上下している。なんてステキな光景だろう。ぼくはこの時間を大切にしたい。だからベッドから目を離さずに、服をゆっくり脱ぐ。シャツを脱ぎ、ベルトをはずし、ちょっと下げにくくなったジーンズのジッパーを丁寧に下ろす。ジッパーを下ろす音を聞いて、もう濡れているでしょ。そういう人だからね、あなたは。ぼくのあそこをあなたは毎日なめに来る。ぶち込まれに向こうの家からやってくる。そんなあなたがぼくは大好き。

ああ、早くそんなこと、あなたに言ってみたい。ぼくはあなたをきっと、そんなふうにしてみせる。

ぼく、何十回、こんなことをつぶやいているのだろう。あと何十回つぶやいたら、現実になるんだろう。

パンツ一枚になって、ぼくは部屋の入口近くに置いてあるラジカセのところへ行き、クイーンをかける。どの曲がいいですかとあなたに聞いたら、あなたはなんでもいいですと、小さい声で答える。なんてあなたは可愛いんだ。ぼくはベッドに飛び込みたいけれど、それではあなたを驚かせる。だから、あなたの部屋が見える窓の深緑のカーテンをそっと閉めましょう。ほら、暗くなったでしょ。これでいい。恐がらなくていいんです。うんと大胆になってください。

ゆっくりと楽しみましょう。

ベッドに屈んで、布団から出ているあなたの髪の毛を撫でる。髪の毛にキスをする。いい匂いだ。あなたの手がいつのまにか布団の中から出て、ぼくの顔を撫でている。あなたの指は細くてしなやかだ。その指をぼくの口に含ませてから、ぼくは布団の中にすべり込む。濃いブルーのカーテンは朝の光を深い海に変えて、あなたの顔をぼんやりと映し出す。あなたは固く目を閉じている。あなたの指をしっかりと握り、ぼくはあなたのまつげにキスする。あなたの身体が鳥籠から出された小鳥みたいに小刻みに震える。あなたを抱きしめる。

あなたの身体が、ぼくのところへ浮かぶように近づいてぼくたちは抱擁する。

あなたの唇にぼくの唇を合わせる。するとあなたの舌が、ぼくの舌を求めてやってくる。ぼくはあなたの舌をからめとろうとし、あなたはぼくの舌をからめとろうとする。そうやって二つの舌が争い、戯れる。ぼくの口内からじゅくじゅくと唾液があふれ出ると、あなたはコクンと小さな音をたててぼくの唾液を呑み込む。ぼくの唇は、あなたの唇から顎へ喉元へ滑りはじめる。あなたはもうこれ以上伸ばせないほど白い首を伸ばして、ぼくのくちづけを喉に受けようとする。トクントクンと音のするあなたの頸動脈をぼくの唇が探しあてると、吸血鬼の気分であなたの白い喉を噛む。うっと声がした。痛かった?と、ぼくが尋ねると、あなたは小さく首を横に振る。

唇があなたの鎖骨に届くと、ぼくは耐えられなくなって右手があなたのたわわな胸の上に載る。掌は乳房の大きな半球にそってぴったりとはりついたまま、ほんのしばらく動こうとしない。ぼくが生まれてから、ずっと欲しがっていたもの。それが、ぼくの掌の中にある。こうして掌の中にある。幸せだ。もっと幸せになろうと、ぼくの指はあなたの乳首をターゲットにする。ふたつの指先であなたの乳首をはさむと、あなたの喉からため息が出る。もっとその息を聞きたい。ぼくの指はあなたの乳首を揉みしだく。息がときおり小さな声になって、あなたの口から漏れる。ぼくはしばらくその声を聞くことに夢中になる。

あなたの鎖骨から肩に向かってコツコツと音がするほど歯をあてながら、ぼくの右手は円を描くようにあなたの乳房を揉みしだく。すると、あなたの声が途切れることなく聞こえはじめる。その声がぼくとあなたの魂を共振させる。もうこれ以上、ぼくは自分を感じさせてはいけない。

ぼく、ずいぶん鍛練したんです。あなたのことを好きになってから、あなたを感じさせることを目的の第一にしようと、ぼく、ずいぶん鍛練したんです。今だって、その最中です。ぼくはあなたの身体に仕掛ける動作を怠らないよう注意しながら、クイーンの曲に耳を傾けることにします。そして、あなたの息子、純君のことを思い浮かべる。今ごろ、純君は幼稚園で何をして遊んでいるだろう。そうだ、この調子だ。こうやって注意をよそにむける。するとぼくの屹立したものは、少しだけ緊張を弛める。

純君、ママはこうして、ぼくのもとにいるよ。こうやって目をつむって、ぼくのしていることがとても気持ちいいと声をあげているよ。こんなふうに、震えながら。震えながら、こんなふうに。

ああ、もう我慢できない。ぼくはあなたの上に身体ごとおおいかぶさり、右足をあなたの両足の間に入れる。するとあなたの身体はぼくの屹立したものの前に開かれる。それがあなたの身体の中への入口をさぐりはじめると、あなたのぬめぬめした液体が亀頭をぬらし、ぼくを導いていく。導かれた入口はぼくを待ちかねて二つの扉がすでに半開きになっている。奥のほうで蠢くものの余波がそこにも感じられて、ぼくの屹立はいっそう強まり、あなたの中に押し入る。あなたの息は、はっきりした声になり、あなたの身体が下から押し上げられたように持ち上がる。あなたの思いがけないほどの力に負けないように、ぼくはあなたを押し戻す。するとぼくの屹立したものが、暖かい粘液を持つ壁を分け入って一気に奥へ進み、先頭があなたの身体の奥に行き着く。

あなたは、ああ、と声をあげる。次の瞬間、ぼくは腰をひく、そしてまた壁を分け入る。ぼくの脇の下から汗が吹き出し、腕の先に向かってつつっと流れてゆく。あなたの腰がぼくの動きと線対称をなすように動きはじめる。

ぼくとあなたの激しさが呼応する。こうして、こうして、こうして……。


ぼくの頭の中に白い光が点滅しはじめ、あなたの中で、ぼくがはじける。あなたの声とぼくの声が二重唱になって、その向こうからクイーンの曲が聞こえている。ぼくの天国。ぼくのクイーン。ぼくの幸福。

ぼくのあなた。ぼくのクイーン。ぼくの天国。ぼくは幸せです。


もうろうとした意識が、そうつぶやくもうひとつの声にならない声を聞いています。

そんなつぶやきが遠ざかるにつれ、次第にぼくのうっとりがうつろに変わってしまうのです。いつもです。うっとりが夕日みたいに沈むと、うつろが墨を流したように広がるんです。毎日、こうやってあなたを愛するたびに、ぼくのうつろが広がっていくんですね、きっと。だから、こんなこと止めなきゃって思うんですけど、できないんです。ぼく、意志が弱いから。そういう自分が嫌になります。

おまえはチキン、チキン、弱虫さ、って繰り返し繰り返し歌が聞こえます。チキン、チキン、弱虫さ。チキン、チキン、女一人ものにせず、しようともせず、チキン、チキン、アハハ。そんな歌や笑い声が聞こえるんです。

でも、この歌は間違ってます。ぼくを笑うのも間違っています。ぼくは確かに今のところ弱虫だけど、広がっていくうつろを握り潰す方法を知っています。簡単なことです。現実にもっとあなたと話せばいい。現実にあなたにキスをして、あなたとセックスをすればいい。そしてあなたとぼくがいつも一緒にいればいい。それだけのことだ。それでぼくとあなたはきっと幸せになれる。だって、あなたがぼくを愛しているのは、たぶん間違いのないことだから。

ぼくを愛しているでしょ。初めて公園で純君を連れたあなたを見かけて、じっとあなたたちを見つめていたとき、あなたはぼくに微笑みました。恥ずかしそうに、微笑んだ。そのとき、あなたはぼくにとって特別な人で、ぼくはあなたにとって特別な人だとわかったんです。

一カ月前、ぼくがこの部屋に越してきたその日に、街であなたに会いましたね。あれは偶然なんかじゃない。あなたと出会ってから、世の中に偶然なんかないんだと、ぼく、思ってます。なにもかも全てのことが必然です。ぼくとあなたは必然で出遭ったんです。ぼくがあなたを愛するようになったのも必然ですし、あなたがぼくを愛することも必然なんです。わかるでしょう、あなたなら、ぼくの言いたいことが。

あなたはぼくの毎日の電話の意味もわかっているはずだ。あなたの声を聞きたい。それだけでかけはじめた電話だったけれど、今は違う。ぼくとあなたがさっきのように愛し合ったことをあなたに伝えられるようになりました。あなたは受話器の向こうで黙っているけれど、じっと耳を傾けているのがぼくにはわかります。かつてぼくが愛した女たちのように、受話器を乱暴に置くこともない。ぼくはあなたに愛されていると信じてる。証拠だって、ちゃんとある。あなたがぼくのほうを向いて笑っている写真が、もう二百枚を越えた。

あなたの電話の息遣いを繰り返し聞いてみると、あなたがどれほどぼくのことを愛しているかがよくわかるんだ。

今日もあなたに電話をするよ。たぶんあと数日すれば、ぼくの熱い決心を実行に移せる。

それまで待っていてください。待っていてくださいね、ぼくの愛しい人。

# 狩人の夜

# 1

女は唐突に、死んでもよかったんです、と言った。

そのとき、僕は拾った小猫がニャアと鳴いて体を摺り寄せてきたような気分になった。捨て猫の器量は、そう悪くない。スタイルも声もだ。しかし、さっき知り合ったばかりの僕にこんなセリフを言う女に僕は初めて出会った。もちろん迷惑というわけではないが。

ついさっき、僕は車で危うくこの女を撥ねてしまいそうになった。道幅が狭まり暗闇が吹きだまりになったような代々木のガード下を、スピードを落とさず走ったのがいけなかった。彼女があと十センチばかり道の中ほどを歩いていたら、僕はきっと今ごろ警察のお世話になっていただろう。怪我はありませんか?と尋ねたとき、ぎこちない笑みを浮かべて大丈夫ですと言った女を食事に誘うのは、それほど不自然なことではない、と僕は思った。そのときの女の表情はその程度に魅力的だった。女は僕の誘いを一度固辞したが、お詫びのしるしにぜひと助手席のドアを開けると、それ以上ためらわず、僕の車に乗った。

熱い下心はなかった。が、全くなかったと言えば嘘になる。ホモセクシャル以外の男はどんなときでも女との出会いにかすかな下心を持って臨む。そしてきっと女も。十分あまりも車を走らせて、お詫びの気持ちとかすかな下心にふさわしい店を選んだ。スノッブな出会いに臆さず乾杯ができ、今後の展開に役立ってくれそうな青山にある店だ。夜十時すぎ。悪くないロケーションだ。

しかし、驚いた。それまで、ごく短い返事しかしなかった女が、いきなりこんなことを言うとは。ディッシュの甘鯛を口にほうり込んだとたん、人生相談風のこんな誘惑のきれっぱしが飛び込んできたのには、さすがの僕も面食らった。

「死んでもよかったんです」

アキと名乗る女はそう言ってから、うつむいて口を閉じたままだ。次にしゃべるのは僕の番というわけだ。僕があなたを撥ねてしまいそうになったとき、青い顔をして驚いていたあなたは、とても死んでもいいと思っている人には見えませんでしたね。ちらっと、そんな言葉が頭の中をよぎったが、それは甘鯛のクリームソースとともに呑み込んだ。僕はからかいの口調を自分に禁じ、きわめて常識的な言葉を発した。

「どうなさったんですか？　いったい」

さっき男にふられたから、今夜は僕に抱いてもらいたい。そう婉曲に誘ったとも取れますよ、今のあなたの言葉は。もちろん、それは僕の中だけの言葉だ。

「いいえ。ごめんなさい。つまらないことを言ってしまって」

つまらないと思うなら、言わないことですね。言ってしまったことを、つまらないと言う女ほど、つまらない女はいませんからね。

今夜の僕の心中語は辛辣だ。学生たちの読むに耐えないリポートを読まされた後は、どうもいけない。そして心中語が辛辣な分だけ、つまらないことを言ったつまらない女に、僕は優しい言葉をかけた。

「そんなことはありませんよ。僕でよろしければ、聞かせてください」

女は涙ぐんだ。話し相手として処置なしの女だ。しかし、もう一つの相手としては悪くない、かもしれない。僕は背後霊のように控えているウェイターに、白ワインをもう一本オーダーした。

女は涙ぐんだまま甘鯛の載った皿を見つめていた。そうやって、感傷にひたっていたまえ。涙の粒をためてうつむく姿はきっと男の琴線に触れるはずと思い込んでいるらしい。君は自分が思っているほどいい女ではないんだよ、と耳元で囁いてやるのが本当の親切だろうと思うが、僕はそれほど親切な男ではない。しかし、メインディッシュでの無作法について、ひとこと言わずにはいられなかった。

「まず、これをたいらげましょう。お口に合わなくても」

僕の声は下心ある優しさに満ちていた。こんなとき、僕の心と言葉はあきれるほど裏腹だ。

女は黙ったまま、うなずいた。

## 2

女は千回ほども無礼を詫びたあと、ようやく話を切り出した。僕はコーヒーカップを手にしていて、拝聴の準備は整っていた。

「私、男の人の気持ちがわからないんです。ほんとうに、わからないんです」

出会ったばかりの異性にこんなセリフを吐けるとは、なかなかユニークな人だ。それほど酔わせたつもりはないのだが。

「男だって、女の気持ちはわかりませんよ」

洒落た言葉は、この女には要らない。相手がそれらしい相づちを打つだけで、満足できるのだ。第一、相手の言葉なんか聞いてやしないのだから。

「どうして急に嫌われてしまったのか、わからないんです、私」

ほら、来た。女の気持ちがわからないと言った僕の言葉は、素通りだ。もっとも、この女に蘊蓄を傾けてもらいたいとは思わないが。

「男性は急に相手を嫌いになることが、あるんでしょうか」

そりゃ、あるだろう。しかし「急に嫌われた」と言ってのけるところが、なかなかめでたい。初めから好かれていなかったという選択肢の作れない女を、たいていの男は疎ましがるものだし、好きだの嫌いだのという言葉に唾を吐きかねない男だって、僕の友人にはいる。好き嫌いに背中を向けたまま暮らしている男は、ゴマンといるのだ。しかし、僕が目の前にいる女にそれを教えるのは、同性に対する背徳行為のようなものだ。一人で学びたまえ、君。教授の口調を真似てみたくなった。が、僕はフェミニストだから、そんなことは言わない。

「それは、あるかもしれませんね」

「どんなときなんでしょう。たとえば」

女を轢いてしまったほうが、いっそのことよかったのだろうか。そうすれば、こんなくだらぬ難問に出くわさずに済んだ。いや、少し思慮の足りない女をこうして眺めるのも、悪くない気分転換ではあるか。

「さあ、僕にはなんとも……。いろんなケースがあるでしょうから」

女は僕のこの言葉を待っていたらしい。女の告白が始まった。曰く、「そのとき彼は」「彼はあのとき」「あるとき彼は」「彼はいつも」「そして、彼は」……。数年前の男の言動をこれほど克明に覚えていられるこの女の記憶力に、僕はかすかな尊敬の念を覚えた。もちろん、皮肉だが。

僕にはそれが女の思い込みが描いた恋愛という虚像にすぎないことが、はっきりとわかった。なぜなら女の話に登場する「彼」の言動は、僕のそれと見分けがつかないほど似ていたからだ。彼の言動のモチベーションが恋愛感情ではなく牡の性欲に過ぎないと、なぜわからないのか。それが不思議でならなかった。

男は、少なくとも僕や僕が知っている多くの男たちは、女の思い込みを利用して女を弄びたい欲求がある。女の思い込みが男に伝染して恋人気分を味わうこともある。ニキビ面をしているのならともかく、本当の恋をしたと宣言する三十歳を過ぎた男を、僕は同性として信用できない。

多くの女はプレゼントをもらい、食事や酒をご馳走になり、クリスマスにシティホテルの手配をやってのけられると、愛されていると思うようにできている。ほかにもある。熱心なセックスは、愛の証し。愛する男の吐く生半可な愛想尽かしの言葉さえ、愛の告白に聞こえてしまう。おめでたい。実におめでたいが、女がおめでたくなければ、人類は滅亡する。

だから、というわけでもないだろうが、多くの場合、男は女の思い込みに歩調をあわせる。するとと女はさらに要求する。もっと愛して。もっとプレゼントを、もっとお酒を、もっとホテルを、もっとセックスを、もっと愛の告白を！　いいかげん、男は女の思い込みに歩調を合わせられなくなる。合わせたくない、と思う日が来る。そんな日が、やってきたのさ。君の相手にも。

女はカタルシスという黄色い体液を垂れ流しながら「愛の証し」を喋り続けている。鏡で自分の姿を映してごらん。浅ましい姿に脂汗が流れるだろうから。いや、この女ならうっとりと自分を眺めながら喋り続けるのか。

そろそろ僕も女の告白に歩調を合わせられなくなってきた。これから始まる夜の楽しみのために、次の段階に入っていいころだ。女の自浄作用が途切れた隙間を捉えて、僕は尋ねた。

「二カ月の間に、彼は何度くらいホテルに誘ったんですか」

女は息を止め、それから整えられた眉の間に皺をよせた。思惑どおりの展開に、あやうく吹き出すところだった。

「どうして、そんなこと、お聞きになるんですか」

「いえ、僕は女性をあまり愛したことがないものですから」

女がかすかに笑った。

「本当に？　夕日の見えるレストランで女性を見つめたり、夜の地下鉄で抱きしめたりしたこと、ないんですか？」

なんだか詰問口調だ。初めて会って泣き顔を見せられた後、詰問されるとは、踏んだり蹴ったりだ。レストランでだってどこでだって相手を見つめたり、抱きしめたりぐらい、僕だってするさ。今だって、僕は女を見つめている。少しばかり呆れてね。そんな僕の眼を君が「うっとりと私を見つめる眼」だと思い込むことだってありうるわけだ。あるいはまた、女にとってそう見える眼差しというのを、たった今、君を相手にやれと言われればできる。

そんな男もたくさんいるということを、この女に教えても無駄だ。私の彼はあなたのような人ではありませんでした。きっと女はそう言って、また思い込みの想い出という体液を流し続けるのだろう。

「さあ、忘れてしまいました。今からだって魅力的な女性に会えば、僕はそうすると思いますよ。あなたみたいな、ね」

僕はサービス精神が旺盛すぎる、いや、狩人の快楽に貪欲すぎるのか。

女はうっすらと微笑んだ。これで、僕と女の今夜の快楽が、約束された。

## 3

車に乗ると、アキという女はさっき僕が彼女を轢きそうになった場所に落とし物をしたので、もう一度戻ってほしいと言った。夜の街を二十分ばかり走るのも悪くないが、野暮な女だ。

「ご自宅が近いんですか」

女は、ええ、と答えたきりだ。レストランでしか、喋らない女らしい。しかし、饒舌を拝聴させられた後の沈黙は、かえって僕には好都合だった。

神宮外苑のラグビー場に沿って車を走らせているとき、女は言った。

「ここにも来ました。彼と……」

また始まった。僕は彼女に見えないように唇をほんの少しゆがめた。今夜は、僕をたった一人の聴衆にした彼とのメモリアル・ナイトというわけか。そして、そんな饒舌につきあった褒美として、僕はアキという女を抱く。アキという女は「彼」を忘れたい。忘れたいのに、どうしてもうまくいかない。だから、僕は協力を申し出た。ザッツ・ライト。すると、僕はちょっと優しい気分になった。

「何年も経っているのに、まだあなたにそうやって思われている人が、僕にはうらやましいですね」

返事がなかったので、隣に座っている女の表情をチラと眺めた。そのとき、ずっと以前にこんな光景に出くわしたような気がした。ほんの少し僕の心が相手に歩み寄って、隣の女の表情を盗み見る瞬間。そんなことは何度かあったような気がする。しかし、他の女ではなく、アキというこの女の横顔を以前こうやって車の中で眺めたことがあるのではないか、という気がした。そんなはずはない。この女とは初めて遭った。女から聞いた彼の言動があまりにも僕と似ていたので、そんな気持ちにもなったのだろう。デジャ・ビュなのだ。僕は、もう一度ちらと女を眺めた。確かに、初めて遭った女だ。

十一時近い街は、さすがに人通りも車も少なかった。これなら数分で、さっきの場所に到着だ。アキは落とし物を拾い、もう一度僕は女を車に乗せる。代々木の近くなら、あのホテルにしよう。僕の頬がちょっとゆるんだ。

「今夜、愚かな男と愚かな女が出会って、さらに愚かなことをする。そんな夜もあっていいと思いませんか」

「ずっと、女のほうが愚かなんだって、思ってたんです。でも、男の人もバカなんですね」

揶揄を含んだ女の口ぶりに、僕は日頃の冷静さをほんの少し欠いてしまった。シニカルな男も、夢みがちな女も、時が来ると変わる。ベッドが近づくと、とくに女は変わる？　今夜は、悪くない。

「どちらも同じ程度に愚かでないと、恋愛は成立しないんじゃないかというのが、僕の意見です」

「そうなんでしょうね。で、最後に愚かな彼になんて言われたか、聞いてくれますか」

ああ、アキという女はまったく救いがたい。

「どうぞ、聞きますよ」

これ以上、やさしい言葉を吐く必要はないと思われた。

「二度と僕の前に姿を見せないでほしいって言われました」

僕は混乱した。確か、僕もそんなことを女に言った覚えがある。あれは、もう一度逢ってほしいと、百万回も留守電にメッセージを入れた女だった。名前はたぶん……、ユミという女だった。もう一度、隣の女の顔を見た。違うと思う。違う、あの女ではない。落ち着け。

「彼にそう言われてから、いろんなことが起きました。私の中ががらんどうになったみたいで、なんでも口に入れました。食べても食べても私はがらんどうで、どんどん食べて、食べれば食べるだけ吐いて、それでも食べて……。一年ぐらい、そんなこと、してました。友達が家の人に連絡して、母が上京してきて、私をお医者さんに連れていきました。普通に食べて吐かないようになったのは、二年ぐらい経ったころでした」

「それで？」

僕の声は、少しかすれていた。違う、この女はアキと言った。この女がユミの友人か姉妹という可能性もある。ユミが僕のことを喋ったのか。まさか、そんなはずはない。どこにもかしこにもある話なのだ。

「身体が回復しはじめてから、私、いろんなこと、試してみたんです。たとえば、夜の河川敷で火を焚いて、じっとその火を見つめていると、火の中にその人の姿が見えることがありました。はじめの頃、その人の顔は笑っていました。でも、四度めからは苦しんでいる顔が見えました。とてもセクシャルで、私はその顔を見ながら、私のあそこを可愛がりました。それから、その人と泊まったホテルの同じ部屋に入って眼を閉じていると、その人が女の人を愛している姿が見えるんです。女の人を六人見ました。そんなとき、相手の女の人の中に私が入るんです。すっと入れました。すごく幸せでした。ずっとこうやって生きていこうって、そのとき思ったんです。それまで、どうやって生きていったらいいかわからなかったんですけど、そのことがあってから、私は急に元気になりました。あの日までは……」

「あの日までって？」

喉がひりひりした。

「あなたが女の人に私のことを言って、一緒に笑うまで」

「僕は、そんなことは、しない」

僕は脇の下にじっとりと汗をかきながら、まっすぐ前を見ていた。信号で止まっても横を向いて、女の顔を見ようとは思わなかった。見てしまえば、最後、そんな気がしたから。最後？　最期？　縁起でもない。脇の下の汗が、ポトリとシャツの中で落ちた。

「そうよ、最後。私の顔を見たときが、あなたの最期なの。私はアキ。私はユミ。私はリョウコ。いろんな女になれるの」

隣の席から幾重にも重なった女の笑い声が聞こえた。女たちはくすくす笑いながら喋っている。

「だから、言ったでしょう。男のほうが馬鹿よって」

「いつこの男が気が付くか、賭けておけばよかったわ」

「男の首をね」

「駄目よ。首なんかじゃ、面白くないわ」

「あら、あそこに、立ってるわ。ユミさんが。ほら、見て」

女の腕が前方を指した。さっきのガード下の真ん中でこちらを向いて手を振っているユミの顔を、僕は見てしまった。僕の足は反射的にブレーキを力いっぱい踏んでいた。それから僕の身体が闇に包まれるまでのしばらくの間、女たちの笑い声を聞きながら、僕も笑った。

# 熱風

飯倉遥子に出会った。こんなところで会うと、誰が想像できただろう。彼女は空が自分の真上だけにしかないとでもいうように、首を大きく傾けて蒼い空を眺めていた。僕は「飯倉」と呼んだ。

＊

「飯倉」と私を呼ぶ声が聞こえました。振り返らなくても、その声で彼だとわかりました。私の名を旧姓で呼んだからでも、呼び捨てにしたからでもありません。イイクラという四つの音だけで、私の身体の中に残っている感情を泡立たせられるのは、彼だけですから。たとえその声が遠慮がちであっても、詰問口調であっても、夢の中であっても、記憶の中の声であっても。

そして今、彼の声がほんとうに聞こえたのです。いつかこんなときが来るかもしれないと思っていました。望んでいました。恐れてはいませんでした。暮らしの中でぽっかりと空白になる時間に、私はそれだけを夢想してきたような気がします。彼、瀬山良介と出会う日を。

＊

彼女が振り返った。メイクした飯倉を見るのは初めてだったが、僕にはなんの違和感もなかった。彼女は切れ長の目で僕を食いつくように見つめてから、ほんの一瞬泣き出しそうな表情をして、次にまた僕をきつい目で見つめた。その眼差しで、僕は千年後でも飯倉遥子を見分けられるだろうと思った。

彼女がきつい眼差しで僕を見るのは、しかたのないことかもしれない。彼女にとって許せないことをしたという自覚は、僕にもある。しかし、あのとき、飯倉がもし僕の前で素直になってくれていたら、その後の二人の人生は違っていたはずだ。

彼女はゆっくりと僕のほうを見て、「ご無沙汰しています」と言った。慇懃無礼。距離をおいた言葉。君はいつだって、そうなのか。

＊

「飯倉」という声を胸いっぱいに吸い込んだ私の身体は、いっそう熱くなりました。

二十年前、私は何度この声を聞いたことでしょう。いつだって、突き放すように包み込むように瀬山良介は私の名前を呼びました。その声に顔をあげて彼を見ると、問いかけるような眼差しや、はにかんだ笑顔がありました。あのときまでは、いつも。

私は胸にうずまいた熱風を吐き出しました。こんな熱い感情のまま、瀬山良介を見つめたくありませんでした。

たった一度だけ、私の熱風を瀬山良介に向けたとき、彼は冷笑で私を追い払いました。そんな思いを金輪際したいとは思いません。胸いっぱいになった熱風を吐き出してから、私は振り返りました。

瀬山良介が立っていました。

今の今まで、彼の顔を思い出せませんでした。彼の輪郭が私の中でいつからぼやけたのかさえ、思い出せません。私の手元には彼の写真が一枚もありませんでしたし、夫との生活が平穏無事だったからでしょう。私は彼の輪郭の記憶を持たずに、彼に会える日を夢想してきたのです。

冷たい息を吐きながら、私は彼を一瞥しました。彼の頭には白いものがちらほら見えました。少し老いた彼の外見は、離れていた歳月の長さを私に教えました。しかし、それだけでした。彼の表情はあのとき以前に戻ったように優しさにあふれていました。なつかしい？　いとしい？　待っていた？

いえ、なつかしいのは私。いとしいのは私。待っていたのは私。

彼にとって、私は風変わりな生徒にすぎなかったのですから。久しぶりに会った恩師への挨拶にふさわしい言葉で、彼が呼ぶ声に応えました。

「ご無沙汰しております」

＊

「ご無沙汰しております」

と、飯倉遥子が言った。

「ああ」と、僕は答えた。ほかに、どんな返事のしようがあるだろう。

僕のその返事で飯倉の気持ちはさらに遠くへ行ってしまったようだ。彼女は冷ややかな笑顔のまま僕に尋ねた。

「奥さまは、お元気ですか」

社交辞令というやつが、うまくなったな。僕だってそれくらいなら応戦できる。

「ああ、僕以外はみんな元気だ。君のところは？」

「おかげさまで、幸せに暮らしておりました」

おかげさまで、とは飯倉らしいシニカルな言葉だ。

僕のおかげで君は幸せに暮らせたというわけだ。そうかもしれない。

僕のような男に出会ったから、君は手堅い幸せというものを知った。そういうことなんだろう、きっと。

僕だって、似たようなものさ。目と口が違う女に出会って、僕はその女の目と言葉の狭間で、さんざん悩んだ。今なら僕は女の視線に応える。しかしあのころの僕には無理だった。だから僕は目も言葉も同じ女を選んだ、君も知ってのとおり。

女房は僕に尽くしてくれた。女房は君を意識していた。だから、僕にありったけ尽くしてくれたのかもしれない。つまり、僕も君もお互いを触媒にして素晴らしい幸せをつかんだというわけだ。

「こちらに帰ってきたんだね。知らなかったよ」

と、僕は言った。

「ええ、主人の都合で半年ほど前に」

君の口から「主人」という言葉が出ると、なんだか僕は奇妙な気分になる。

*

「おかげさまで幸せに暮らしております」

私は、この言葉を主人と暮らし始めて一年ほどたったとき、瀬山良介のために用意しました。私の生活が平穏無事であたたかいものであったのは、あなたに会ったときにこの言葉を伝えたいからだったとさえ、今では思えます。この言葉があなたにとって苦いものであることを願っていました。それはとりもなおさず、あなたにとって私が特別な存在であってほしいと願うことでした。私は充分、あなたを愛しました。でも、あなたが私を愛していたのかどうか。

極度の愛情不足で育てられた幼児は人の愛情がわからない人間に育つのかもしれません。そして、私は男と女の愛情が信じられないまま人生を過ごしました。あなたの愛情を確かめたいと思い続けました。今の私を愛してほしいとは言いません。私を誰よりも愛していたときがあったと、あなたの口から聞きたいのです。それを聞いてどうするつもりなのか、わかりませんが。

*

「メイクした君をはじめて見たな。きれいだね」

と、僕は言った。飯倉遥子は、曖昧に笑った。僕はどれだけこんな言葉で飯倉にアプローチしたことか。

「かわいい」と僕は何度も言った。ほんとに彼女はかわいかった。

「歩きにくいなら、おぶってあげようか」

と、雑木林の中を歩きながら言った。僕は彼女を背負って歩きたかった。

そんな僕のどの言葉に対しても、彼女は笑いながら首を横に振った。

なぜ、君はそんなにガードが固い？

僕はその理由もわかっていたつもりだ。君の家に込み入った事情があるらしいことを、君の友人から聞いた。そんなこと、どうでもいいじゃないか。僕は君が好きなんだ。

好きだった。普段はおとなしく伏せられた君の目が、ときおりまっすぐな光を放っているのを見るのが、僕は好きだった。君の目がそんなふうに光ると、君の口から容赦ない言葉が飛び出した。いつだったか、君は僕が教材として見せた絵を痛烈に批判した。あれは楽しかった。

そんな君の言葉を聞くのが僕は好きだった。そのときだけ君の目と口が同じことを訴えていたからだろうか。そんな君と議論するのが、僕の幸せだった。君の絵は、もっと好きだった。

固い殻の中からときおり覗く君の姿を見られるのは僕だけだと、いつか僕は自負するようになった。僕の夢の中で、君はいつも泣いていた。僕は君を愛しはじめていた。

＊

「きれいだね」

と、彼は言いました。私のことを「かわいい」とはじめて言ったのも、彼でした。物心ついてからずっと、私のことを「かわいい」と言った人はいませんでしたから、私はその言葉に驚きました。驚いたあと、ひたひたとうれしさが込み上げて、私も将来誰かに愛されることがあるかもしれないと思いました。

そして、私は瀬山良介にその望みを託しました。ある人に愛されたいと願うことは、すでにその人を愛しているということなのでしょうが、私は彼を愛し始めたことも、愛されたいと願っていることも胸の奥に封じ込めて、自分に対してもそれを認めようとしませんでした。認めることが恐かったのです。

彼が先生だったから。彼が七歳年上だったから。

そして、私の戸籍に父の名がなかったから。

私は母のように生きたくはなかったのです。瀬山良介がたとえ私を愛している様子を見せても、どれほど誠実に私を愛してくれそうな男だと思えても、十七歳の私はそれに応えることはできませんでした。

〈男を愛すれば私のように不幸になるのよ〉

まだ幼かった私に、母は聞こえない声でそうつぶやきながら、私を育てました。そして私は、男を愛することは奔放な母の生き方を認めることになるような気がしていました。

そんな臆病な私を、瀬山良介は心地よい言葉で揺らし続けました。彼の言葉を聞く私は、ゆりかごに揺られて夢と現の狭間でうっとりしている幼子のようなものでした。

あるとき、瀬山良介から一通の手紙が届きました。二十年を経てもその手紙のはじめの言葉を覚えているのは笑止なことでしょうか。

〈僕は君が妻であり、母であることを期待しない。ぼくは君が画家であり、芸術家であることを期待する〉

その手紙から、瀬山良介のあふれるほどの好意を受け取りました。私の絵に対する賞賛以外の感情をかすかに、でも確かに感じとりながら、瀬山良介が私の絵に対する一番の理解者でいてくれることを喜びました。彼が私の絵のよき理解者であると明言してくれたことに対してのみ、お礼の手紙を書きました。

「大学の後輩が、僕のことを好きだと言うんだ」

彼がそう言ったのは、たった一度の手紙のやりとりがあった後でした。そんな彼の言葉に私は全く嫉妬を感じず、彼は私を愛してくれていると、心地よささえ感じたのでした。


日曜の午後、スケッチのために瀬山良介とお気に入りの画塾の生徒たち数人はよく郊外を歩きました。二人のことは仲間たちも感じていて、私たち二人は彼らのずっとあとを並んで歩くことになるのでした。私が彼らに追いつくために急ごうとすると、「いいさ、ゆっくり歩こう」と、彼は決まって言うのでした。

肌寒い三月のある日、瀬山良介は自分の上着を半ば無理矢理、私にかけました。私は彼のぬくもりが残る上着の中で固くなりながら、彼の好意を小さな息でそっと吸い込みました。

瀬山良介を男性として次第に意識しながら、大学院生の彼には高校生の私に見せる姿とは別の世界があるのだから、と私の中に流れる母と同じ血に言い聞かせ続けていました。

そんなある日、彼は私だけを画塾に呼び出しました。

「僕は婚約したよ。言いたいことがあれば、聞かせてほしい」

彼のあごを無精ひげが覆っていました。

「おめでとうございます」

と私は答えました。彼は続けました。

「それだけか。ほんとうに、君はそれでいいのか」

瀬山良介は私の心を覗き込むように、じっと私を見つめました。

「ほかに何を言うことがあります？　婚約したとおっしゃる方には、おめでとうございますと言うほかないと思います」

そう答えながら、十七歳の私は泣き崩れることもなく誇りを保てたことに満足していました。

そのあと、彼を愛していることを、私が彼をどれだけ深く強く愛しているかということを知ったのでした。私の愛は、母の愛とは違う。違っているはず。そう思ったとき、奔流のように彼への愛があふれだし、そして彼もまた私を愛してくれているという喜びがあふれました。

その夜、長い手紙を書きました。手紙を書いている間じゅう喜びと満足に包まれている自分を発見して、私の手紙はどんどん長くなるのでした。

彼にその手紙を渡したのは一週間後、彼の授業が始まる一時間ほど前でした。彼は定刻より遅れて部屋に入ってきました。彼の席に着くために私の側を通り過ぎた瀬山良介の背を、私はアマンを見るように眺めていました。私の恋人、私の先生、そしてこの世で一番私を愛してくれる人。


彼は自分の席に腰かけました。

ポケットから取り出したのは私の手紙でした。

それから、塾生の前で私の手紙を読みはじめました。愛されていると信じきって書いた手紙を、私のことを愛していないというために、瀬山良介はみんなの前で読みはじめたのです。

「もう、結構です。よくわかりましたから」

「何がわかったんだ？」

「何もかもわかりました」

私は瀬山良介を、きつく見つめてそう答えました。

恋人気取りで書いた長い手紙は、私の膝に放り投げるように返されました。私の膝に戻った手紙を見たとき、全てが私の思い違いだったことを知りました。顔をあげて、瀬山良介を見ました。私は青ざめたまま瀬山良介を見続けました。仲間の気遣わしげな視線を感じるまでのほんの何秒かのことでした。

その日の彼の授業が、美術史だったのは幸いでした。もしも絵筆を握る授業だったら、カンバスをナイフで裂いてしまいたい衝動から逃れるために、私は席を立っていたかもしれません。

それなのに、私は瀬山良介を憎めませんでした。どうしても憎めませんでした。何をどう考えてよいのか、わかりませんでした。瀬山良介が私の気持ちを弄ぶような人だとは思えませんでした。誰よりも私を大切にし、理解してくれた人が、そんなひどい男だと思いたくなかったのです。

彼は私を愛してはいなかったのでしょうか?

そんな気もしました。

いいえ、手紙を放り投げるように返されたあとも、心の奥底で、彼は今も私を愛してくれているはずと、信じていたのです。愚かなことに。

それから何週間か経って、画塾の仲間から彼の言葉が届きました。

「僕は、飯倉を妹のように思っていた」

妹なら兄が一番の理解者であっても不思議ではありません。でも、ほんとうに彼にとって私は妹のような存在だったのでしょうか。兄は、妹にあんな言葉を投げかけるものなのでしょうか。妹をあんな目で見つめるのでしょうか。でも、徐々に私は彼のその言葉を呑み下していきました。そうしなければ、私の中で彼はエゴイスティックで傲慢な男になってしまうからです。

婚約者との挙式の日が決まったらしいと友人に聞いたとき、「妹のように」という言葉が私の中にやっと納まりました。最初から最後まで私の一人合点だったのです。恥ずかしさのあまり舌を噛みそうになりました。舌を噛まなかったのは、それでも瀬山良介の愛情を信じずにはいられない自惚れた気持ちがあったからでしょうか。いつかこうして瀬山良介と向かい合う日が来ると信じていたからでしょうか。

舌を噛むかわりに、私は大切にしていたことを次々に捨てました。絵だとか、意志だとか。瀬山良介が結婚したと聞いたあと、彼と交わしたかった性をどうでもよい男に一度だけゆだねました。

彼をどれだけ愛していたかを陳腐な一連の行動で自分に刻んだあとは、もう何もすることがありませんでした。

＊

「きれいだね」

と言った僕を、飯倉遥子はこれ以上ないような憎しみのこもった眼差しで見つめた。君は僕が差し出した手を、あのときのように振り払うのか。あの世で、君はきっと鬼にでもなるのだろう。それは君の選択だから、僕の関知するところじゃないが。

僕が君にしたことは、君にとっては許しがたいことだったろう。しかし二十四歳の僕には、あれが精いっぱいだった。


あの日の数日前、僕が画塾から帰ると女房はアパートの前で僕を待っていた。いつか、君の家が見える場所に僕も佇んだことがあったが、女房は砂糖づけの甘ったるい映画のように、小雨のなか、傘もささずに僕のアパートの前で濡れていた。

映画なら空々しくても、それが自分の身に起きれば、人はたちまち主人公になりたがるものだ。僕は女房を抱きかかえるようにして部屋に入れた。女房は僕の胸に飛び込んで泣いた。僕は女房の一途さを決して嫌ってはいなかった。それから何が起こったのか、言うまでもない。

男にとってセックスが肉体の快楽にすぎないというのは嘘だと、そのあと僕は思った。愛されているという確証のない僕の胸に飛び込んできた女房を、いとしいと思った。それに女房はかなりの美人だった。

そんな女が僕を愛してくれているというのに、押しても引いても反応のない女を思い続けるのはどうかしていると思った。

しかしその一方で、僕は君のものを言う目も知っていた。僕のアプローチで君の目が少しずつものを言うようになったと、僕はひそかに自負していたのだ。だから、僕は君に対しても責任がある。僕は二人の女の間で、それから何日も揺れ続けた。

より責任を取るべき相手はどちらかという視点を最優先すべきだという声に、僕は従おうとした。結論を出したつもりでほっとしていると、ふいにもう一つの声が聞こえるのだった。このまま結婚してしまえば、後悔するぞ。僕はそのたびに、また一から考え直さなければならなかった。

確実に愛されていると僕が実感できる女と、僕たちの魂が呼応している瞬間があると思える女。いつでもセックスができる女と、僕とのセックスは考えられないと言うかもしれない女。尽くす女と、誰にも尽くさないだろう女。

責任などという言葉を持ち出さなくとも、どちらの女を伴侶にすべきか、答えは出ていた。しかし、もう一つの声は決して止まなかった。

僕は最後の賭けをすることにした。あのころの僕は君同様プライドだけで生きているようなものだったから、君に「好きだ」と告げることができなかった。「婚約した」と告げて、もし君が僕の胸に飛び込んだら、そのときは君を取ろうと思った。

しかし、君は泣かなかった。僕のゆさぶりにも、顔色ひとつ変えなかった。君のプライドには敬服するよ。

そのときまで、君は幼くて愛情表現を知らないだけだと思っていたが、それは僕の妄想だったのだ。そう思ったよ。君への思いを断ち切るために、僕はそう思うことが必要だった。

そのあとで、あなたをどんなに愛しているかと綿々と書き連ねた手紙をよこそうが、僕は金輪際、聞く耳を持たなかった。君がいちばんショックを受けると思える方法で、僕は君の手紙を返した。遅すぎたんだ。

僕は女房に夢中になろうとした。女房の気立てや容姿や肉体は、僕をそうさせるに充分な条件が揃っていたから、それは難なく成功を収めた。僕の肉体から心に達する磁力は思いがけないほど強く、それまでの君への感情は妹に対するようなものにすぎなかったと思った。これから始まる女房との生活を全く曇りないものにするためには、あとほんの少しだった。明確な言葉で君に僕の今の感情を伝えれば、それは完成するだろうと思った。

「妹のように思っていた」と伝えてくれと、君の友人に告げた。

そのあとは君と無関係でいようと思っていた。そうすることが女房になる一途な女に対して、僕ができる愛情の証しだと思った。それなのに、僕は美術史の研究に身を入れるために画塾を辞めてからも、君の同級生の卒業生たちとよく会った。君の消息を聞くためだけではなかったが、彼らと会っていると君の話を聞けた。

あの後、君が絵を描くことをきっぱりやめてしまったと聞いたとき、君が絵とは無縁の大学に入ったと聞いたとき、僕は自分のせいだと思わずにいられなかった。自責の念とともに、一人の女に対してこれほど強い影響力を持つ自分の存在に僕は満足した。その満足が、僕の足元を掬った。君に対する馴染みの深い、強い感情に僕は捉えられた。

僕がどうして君に、あれ以上近づくことをためらったのか、君も知っていたはずだ。僕の妻になるより画家になってもらいたい、僕はそう思って君をあきらめた。

美術史を研究するうちに、一人の画家が絵を描き続けるためには生涯独身を貫くか、それとも献身的に尽くす配偶者をもつか、そのどちらかなのだと、僕は確信するようになっていた。時代錯誤だと言われようと、それは僕にとって真実だった。

それに、僕には僕のやりたいことがあった。かといって、君の一生を僕のために捧げてくれと言うべきではないと思った。馬鹿馬鹿しいほど、僕は君を大切に思っていた。

君の色彩を抑えた絵が、僕は好きだった。君とその絵のどちらが僕をとらえたのか、自分でもわからないほど、僕は君の絵が好きだった。

君へのいとしさが、またふつふつと沸いた。

数年後、君が銀行員と結婚したと聞いた。君と銀行員。最上の組み合わせだと、苦い笑いの中で思った。そして、君の結婚が見合いという形であったと知って、僕は喜びを禁じ得なかった。

しかし、現実の生活で僕は女房をとても愛していた。経済的に豊かとはいえない生活を、女房は内助の功で支えてくれた。単身で留学したいと僕が言い出したときも、理解を示してくれた。


海の向こうで君が猛烈に傾倒していたムンクの絵を見たとき、君が嫌いだと言ったビュッフェのシルクスクリーンが話題になったとき、君の影や言葉が、僕の目の前で、耳元で、いつまでもゆらゆら漂った。

僕の仕事は、君の影や言葉がひそむのに格好の場所だったが、いつ君の影が現れても、僕は君そのものではなく、あの時代をなつかしんでいるにすぎないのだと思ってきた。

こうして、君に会うまでは。

しかし、それは僕の僕自身に対するまやかしだった。君がこうして目の前でいてくれることが僕の至福の時なのだと、今、知った。


君はそんな僕を許さないのか。僕を憎らしげに見つめるだけで、この貴重な時間を過ごそうというのか。このチャンスを逃したら、僕たちはもうたぶん会えないんだ。君はそれでも意地をはるというのか。

「僕をにらんでいないで、下を見てごらん」

と、僕は言った。

＊

「下を見てごらん」

と、瀬山良介は妹に言い聞かせるように言いました。

待合室の入口付近に主人がいました。義母が主人に何か話しかけ、主人はうなずいて聞いていました。この後の手順でも打ち合わせているのでしょう。

主人はやさしい人でした。私にも彼の母にも。誰に対してもやさしい人、それだけで私は充分だと思ってきました。妻である私に言葉を荒げることもなく、思いやりも深く。私以外の女を妻にしても、彼の妻に対する思いやりは変わらなかったことでしょう。それでも、私には充分でした。

私が一夫一婦制という慣習に守られなければ、男性に愛されていると信じられないように、主人もまた家庭という枠を用意されなければ、女性をどう愛していいかわからない人のように思えましたから。

主人は私という伴侶を突然交通事故で亡くし、しばらくは途方にくれるかもしれません。そのあと義母のすすめで再婚し、その女性と新しい家庭を築きはじめるでしょう。主人と私の間に、子供が生まれなかったことが、今となってはかえってよかったと思えます。そう思うと、主人と私の生活がさらに遠ざかりました。

主人たちと少し離れた場所に、白いハンカチを握りしめてこちらをじっと見ている女性がいます。瀬山良介の妻でしょう。

立ちのぼる火葬の煙の中に、彼女の愛した夫がいると直感しているようでした。彼の妻を見るのは、はじめてでした。彼女がどれだけ夫を愛していたかを、こちらを眺めるまなざしが教えてくれました。

「あの方が奥様ね」

と、その女性を指して、私は瀬山良介に言いました。

はるか下のほうに、妻が見えた。女房は火葬場の待合室から少し離れたところで、こちらを見ていた。

この半年間、病院のベッドにしばりつけられたままの僕を、彼女はどれだけ手厚く看病してくれたことか。女房との最期の別れに僕は心から言った。「ありがとう」と。

女房と結婚しようと決めたときから、彼女を大切にしてきたつもりだった。その気持ちに嘘はなかった。しかし、それは今の僕にとってはるか遠いできごとだった。平穏な感情が流れた年月に、僕と女房や子どもたちの間にあった幸せなできごとを、僕はもう思い出せない。

＊

飯倉遥子の夫らしい男が老女にあいづちを打っていた。男はうなずいて聞きながら、その言葉が耳に届いているとは思えなかった。君はあの男に愛されたのか。

「君のご主人は、あの人だろう」

と、老女に向かい合っている男を指さして言った。

「ご主人が君をどれだけ愛していたか、わかるよ」

と、僕は言った。そして、彼女の夫を見たときから、あの男のほうが君に愛されたのだという思いに捉えられた。飯倉遥子が愛した男は、僕だけだ。今の今までそう確信していた自分を笑いたくなった。

＊

「私は奥様があなたをどれほど愛していたか、よくわかりますわ」

瀬山良介に私はそう答えました。白いハンカチを握りしめた瀬山良介の妻を見ていると、彼女こそが瀬山良介に愛されるにふさわしい人だという気持ちでいっぱいになりました。

この男を愛し、この男に愛された日があったと信じられないまま生を終えた私とは違い、彼の妻が私は夫に愛された、夫は私を愛したと言っているように見えました。

＊

「女房より君のほうが、僕を愛してくれたと思うことがあったよ」

あれほど献身的に僕に尽くしてくれた女房より君のほうが僕を愛してくれたと思ってしまうのはなぜだろう。しかし生きている間も、僕はときおりそう思ったのは事実だ。それは、僕が女房より飯倉遥子を愛していたということなんだろうか。

「そして僕は誰よりも女房を愛していたが、とおっしゃるのでしょう」

と飯倉遥子が言った。

＊

「君は、どうしてそう素直じゃないんだ」

瀬山良介が怒りを含んだ声で言いました。私が素直であったことなど、あなたの知るかぎりにおいてさえ一度もなかったはずです。

小娘のときでさえ、私はあなたに対して素直ではありませんでした。臆病とプライドの相乗効果は、あのあとあなたに対する憎悪に変わり、私の存在そのものになりました。そんなことを、あなたはもちろんご存知ないでしょうが。

「あなたは奥様のように素直な方が好きですものね」

これが、私からあなたに伝えるにふさわしい言葉です。

＊

「あなたは奥様のように素直な方が好きですものね」

と、飯倉が言った。

僕と女房を侮辱するようなそんな言い方は、やめろ。君がそういう女だと、この期に及んで僕は知りたくない。

「君のような女は、地獄に堕ちればいい」

僕の口から、そんな言葉がぽろりと転がり落ちた。

＊

「君のような女は、地獄に堕ちればいい」

と、瀬山良介は言いました。

「ええ、あなたのように天国に行けるとは思っていませんわ」

他人の人生の羅針盤の針をほんの少し狂わせたという些細な事まで取りたてていたら天国に行ける人など一人もいなくなってしまいます。終生、妻を愛した瀬山良介なら、きっと天国に行けることでしょう。

「ええ。あなたのように天国に行けるとは思っていませんわ」

飯倉遥子は、痛烈に僕を皮肉った。許せない。

「君の心臓は、地獄の釜の中でも溶けてなくならないだろうね」

「そうおっしゃっていただいて、光栄ですわ。あなたの心臓は、もう焼ける頃かしら」

「君より十分ばかり早く来たからね。君の望みどおり、もうすぐ焼けて灰になるさ」

僕は、やけになってそう言った。

＊

「奥様がいっそう泣いてくださって、成仏がおできにならないかもしれませんね」

飯倉遥子が、また妻のことを言ったとき、僕の腹立ちが頂点に達した。

「女房のことを、そう度々引き合いに出すことはないだろう。女房のいる世界と、今、僕たちがいる世界は違うんだから」

＊

「女房のことを、そう度々引き合いに出すことはないだろう」

と、瀬山良介が言いました。

大切な大切な奥様ですものね。私がどんなふうに五年、十年を過ごしたかなどということは、ここで私に「奥様」のことを二度ばかり引き合いに出されるより、あなたにとって大事なことではないのでしょう。


こうして身体が焼かれて、煙になっている今では、奥様がやってくるまで間に合わせの女が必要なのかもしれません。

「女房のいない世界に来たから、妹のような女とでも仲良くやろうとおっしゃるわけかしら。お手が早くていらっしゃるのね」

私の口から、そんな言葉がこぼれました。

*

「お手が早くていらっしゃるのね」

飯倉遥子のこの言葉に、僕はカッとなった。君を大切に思うあまり、指一本触れられなかった僕を、君はそう言うのか。生涯にわたってひそかに愛し続けた女に、そんな言葉を投げられて、平静でいられる男はいない。僕も至って血の気の多いほうだ。売られた喧嘩は買おうじゃないか。

「自惚れもいいかげんにしてもらいたいね。いつ、僕が君と仲良くやろうとした。そんな君の自惚れが、僕は嫌いなんだ。君みたいなプライドだけの女を愛する男はどこの世界にもいないから、心配しなくてもいいさ」

僕の心はちくりと痛んだが、それはあの頃に比べれば小さな痛みだった。

＊

「そんな君の自惚れが、僕は嫌いなんだ」

瀬山良介の言葉が、焼け始めた身体を駆け巡りました。

ソンナ君ノ自惚レガ、僕ハ嫌イナンダ。ソンナ君ノ自惚レガ、僕ハ嫌イナンダ。

あのあと、私は自分の自惚れを、プライドを笑いました。戒めました。それから、私の自惚れを誰よりも許さないのは、自分でありたいと思ってきました。でも、そうではなかったのです。

私の高すぎるプライドを許さなかったのは母であり、瀬山良介であり、主人であったのでしょう。自惚れの塊だった母は、だからこそ娘の自惚れを戒め、瀬山良介は私のプライドにあきれて私を嫌い、主人は私の頑ななプライドゆえに彼の母親のほうを愛したのでしょう。

それなのに、私は自惚れで満たされていたのです。母は、本当は娘の私を愛していたはず。瀬山良介は、本当は私を愛していたのよ。主人は妻である私を愛していないわけがない、と。私のこんな自惚れは、いったい何を根拠にしているというのでしょう。瀬山良介のひとときの甘い言葉が私の自惚れの原因だったとしても、それを二十年も持ち続けたのは、私がどれだけ甘い言葉に無縁だったか、それを欲していたかという証拠にすぎません。

いいえ、私の自惚れは自分を守るために、自分を生かし続けるために必要だったのです。あのとき、私の自惚れを全て捨ててしまえば、私は生き続けることができませんでした。

自惚れで罠にはまって身動きが取れなくなった私は、その自惚れをさらに肥大させることで、いつか罠がはじけて自由の身になることを望んでいたのでしょうか。

その日はついにやって来ず、瀬山良介が今、私の自惚れを非難しています。

ソンナ君ノ自惚レガ、僕ハ嫌イナンダ。ソンナ君ノ自惚レガ、僕ハ嫌イナンダ。

瀬山良介の言葉は、私の身体じゅうを焼けた火箸でかき回しました。

誰にも愛されたことのない女。灰になっても誰にも愛されない女。それが順当なところだと思いました。私は瀬山良介の言葉を受け入れ、吐き出しました。

「わかっています。誰にも愛されなかったことは。でも、お会いできてよかった。あなたに……」

＊

飯倉遥子がそう言ったとき、僕は彼女を抱きしめた。

その後の飯倉の言葉はわかっていた。だから、僕が言った。

「あなたに、積年の恨みが言えて」

驚いて僕を見上げた飯倉に、僕は最後の口づけをした。

飯倉遥子の閉じた目から、ひとしずく涙がこぼれた。

# 藍の香

飴売りの弥助は、桜のころ、毎年決まって飛鳥山で飴を売る。弥助はほかの飴売りのように唐人に扮するわけでも、おもしろおかしい歌を歌うわけでもなかったが、子供たちに評判がよかった。

さっきから、六、七人の子供が白飴を伸ばして兎を作る弥助の手元に見入っていた。でき上がった兎を女の子に手渡すとき、弥助は自分を見つめる視線を感じた。子供たちが思い思いに好きな飴を選んで花見のおっかさんのところに駆けて行ったあと、弥助は視線を感じてその先を見た。女だった。地味な着物を着ていたが、まだ二十代半ばに見えた。弥助に心当たりはない。三十をとっくにすぎた弥助の幼馴染みとしては、女は若すぎる。

女は弥助のほうに近づいて屋台の前で立ち止まると、頭を下げた。

「その節は、本当にお世話になりました」

弥助は、はあ、とも、へぇ、ともつかない返事をしながら、記憶をたどってみたが、やはり心当たりがない。

「もう三年になります。今までお礼にも参じませず」

その言葉で思い当たった人がいる。しかし、その人ならこんな出で立ちで出歩いたりしないはずだ。

「日本橋伊勢屋の……、お糸の母でございます」

やはり、そうだった。しかし老舗の海産物問屋のご新造が、なぜ藍木綿の着物を着ているのか。女は弥助の不審顔に応えるようにこう言った。

「今はもう、伊勢屋の家の者ではなくなりました。お佳代と申します」

「お佳代さん、とおっしゃるんですかい。あのときの……」

そう思って見れば、なるほど同じ人らしい。弥助はその女が伊勢屋のご新造、いや元ご新造とわかったが、だからこそそのあとをどう続けてよいものやら、言葉に詰まった。

「ちょいと、お待ちください。こいつを片付けます」

「どうぞ、そのままで。一言お礼を申し上げたくて伺っただけですから」

お佳代はそう言ったが、弥助は手早く店じまいを始めた。

「ここで立ち話もなんですから、あそこの茶店にでも」

弥助はそう言うとお佳代の返事を聞かず、小さな屋台をかついで、道案内をするように先に立って歩き出した。

それにしても、あれからもう三年経ったのか。

弥助の目には、あの日のお佳代の姿が焼きついていた。塵除けの角隠しに、裾模様の友禅。嬢ちゃんは赤い振袖。お供の女中と丁稚が一人ずつ。その日の花見の中でも、目立つ一行だった。五つくらいの嬢ちゃんがこちらを見ながら何か言い、ご新造が笑顔でうなずいている。弥助はそんな母子の様子を遠くから見ていた。嬢ちゃんは女中に付き添われ、弥助の飴を買った。

女の叫び声がしたのは、それから半刻ほども経ってからのことだった。

「お糸おおっ！」

尋常でないその声のほうに弥助が走っていくと、さっきのご新造が女中に支えられて呆然としていた。遠くに赤いものを横抱きに抱えて走る男が見えた。

赤い色はあの嬢ちゃんの振袖だった。丁稚が男の後を追っていたが、弥助も走った。しかし、弥助も丁稚も赤い色を見失ってしまった。嬢ちゃんは人目の多い花見どきに、かどわかされたのだった。

茶店の床几に並んで腰掛けても、二人はしばらく無言だった。そのとき、弥助は酸い匂いをかいだ。お佳代の藍の着物はまだ新しいらしく、着物から漂う藍の香だった。

「よい日に、仕事のお邪魔をいたしまして」

お佳代は、頭を下げた。

「弥助さんには、きちんとお礼とお詫びを申し上げたかったんです。お糸のことで本当にお世話になりながら、伊勢屋のほうで失礼があったと聞きました。申し訳ございません」

ああ、あのことか、と弥助は思った。

かどわかしから二カ月ほど経ってから、あの日の翌日、品川の宿で赤い振り袖の女の子を見たと知り合いに聞き、弥助はその話を伊勢屋に届けに行ったのだった。よく考えれば、伊勢屋ではなく岡っ引に知らせれば済むことだった。だから、そんな話をわざわざ持ってきた弥助を用心し、過分な心づけをはずんだのは伊勢屋としては当然のことだったかもしれない。伊勢屋が投げるようによこした一両の音は、そのとき弥助をむっとさせたが、かといって何年も覚えているような話ではなかった。

また、弥助は、はあ、と要領を得ない返事をし、

「それより、お糸ちゃんは……。いえ、その、つまんねえことを聞きました。やっぱりまだ、見つからないんですね」

「はい。いろいろ手を尽くしましたが、見つかりません」

「かどわかしは」

と、言いかけて、弥助は言葉を濁した。かどわかしは十中八九、いや、それ以上に子供が生きて帰ることはない。とはいえ、万一お糸ちゃんが見つかったら、この人は伊勢屋を出たことを後悔するんじゃないだろうか。

「かどわかしが見つかってお糸ちゃんが家に戻ったら、おっかさんがいないと寂しがるんじゃないですかい」

話にどんな接ぎ穂を持ってきても居心地の悪い会話になり、弥助は落ちつかなかった。

「そのときは、一目会わせてもらうことになっております」

「一目で、いいんですか」

「いいんです、それで」

お佳代がその言葉をあんまりきっぱり言ったので弥助は驚いたが、言い切るには言い切るような事情があるのだろう。

ただ、この人は、こうやって弥助に礼と詫びを言いたかった。弥助は、その言葉を神妙に聞く役まわりなのだ。お佳代という人がどうして家を出たとか、今、どこでどうして暮らしているとか尋ねるのは、よけいなことだ。

「お糸ちゃんのことが気にかかったのは、ほかでもありません。あっしにも娘がおります。

十四ですが、それがやっぱり、お糸っていう名で」

「まあ、それでよけいに気にかけてくだすったのですね。本当になんとお礼申し上げてよいか」

弥助は、また深々と頭を下げたお佳代を、かわいそうな人だと思った。

「あっしは、毎年桜の時期には、ここで屋台を広げておりますが、年中、あちこち歩いております。今日は、わざわざお佳代さんがこうしてお礼を言いに来てくだすった。あっしは三年前と同じように、ここで商いをしていた。これもご縁ですから、何かあったら、きっとお知らせします」

お佳代は黙って頭をさげた。

「来月の今ごろは、王子権現で商いをしております。気晴らしに……。こんなふうに言っちゃあ、罰があたるかもしれやせんが、都合がつけば詣でてください。権現さまのご利益があるかもしんねえし」

「お礼に参りましたつもりが、またお心づかいをいただき」

お佳代はそう言うと、ほろりと涙をこぼした。

卯月四日、王子権現にお佳代はやってきた。ちょうどぴったり一月後だった。

権現様の森の若葉の匂いに混じって、ほのかに酸い藍の匂いが弥助の鼻腔をくすぐったとき、弥助はなつかしい気分を味わった。この一カ月、お佳代さんは無事で過ごしたらしい。この前のように手早く商売道具をたたんで、隣の独楽売りに「半刻ほど」と、屋台を預かってもらった。

二人は並んで、権現様に手を合わせた。

「お佳代さん、神籤を引いてみなせぇ。いい卦が出るかもしんねえ」

お佳代は、笑って首を振った。

「もう、江戸じゅうの神籤を引いたような気がするんです。だから、今日はもういいんです」

「そんなことはねえやな。日が違えば、卦も違う。お佳代さんが神籤を引き飽きたんなら、あっしがお佳代さんのお糸ちゃんの分を引きましょう」

弥助は一文銭を箱に入れて、神籤の前で手を合わせ、三方の中からひとつ引いた。

「お佳代さん、開けなせぇ」

お佳代は首を振った。弥助が神籤を開けると、「中吉」と出た。

「まちびと　ひがしよりきたる　ねがいこと　おそくともかなう　ときならずして　いがいなかたよりいず」

弥助は声を出して読んだ。お佳代がうつむいた。

「ほら、見なせぇ」

「その神籤は、弥助さんが引いたから、弥助さんの娘さんの分。弥助さんのお糸さんには、幸せになってもらいたいんです。わたしのお糸の分まで」

お佳代さんは、自分の娘がもう生きていないと本当はあきらめている。そう思うと、お佳代というこの女が不憫で仕方がなかった。

「お糸ちゃんのことで、あれから、なにかよくない知らせがあったんですか」

「いいえ、そんなことは……」

お佳代はそれだけ言って、黙ってしまった。それから巾着袋の中から、なにやら取り出した。

「もし来月、わたしが弥助さんに会いに来なかったら、いつかこれを根岸の井筒に届けてくださいませんか。料理屋の井筒です。女将のお積さんが、わたしの幼馴染みなんです。妙なことを申しますが、どうぞよろしくお願いいたします」

そう言って、お佳代が差し出したものは、縮緬の小袱紗に包まれて丸い形をしていた。

来月の今日、弥助がどこで商いをしているかを聞く前に、お佳代がこんなことを言ったのは、たぶんもう来月は会いにこないということなのだな、と弥助は思った。肩すかしを食らったような、これでよいのだというような中途半端な気持ちで、弥助はお佳代の差し出した小さな袱紗包みを受け取った。

受け取るとき、弥助の指がお佳代の手のひらに触れた。そのままぐいと手を引いて、お佳代を長屋に連れて帰りたい、と弥助は思った。長屋には嬶もお糸もいない。二人とも七年前の大火事で焼け死んだ。お糸が生きていれば、十四になる。

だから、どうだってんだ。お糸の供養のためにも、お佳代さんに頼まれたことをやってやりゃいいんだ。

「井筒の女将のお積さん、かい」

「はい。伊勢屋のお佳代からのあずかりものだと言ってください」

あんたは、もう伊勢屋の人じゃなかったはずだが。弥助は意地悪くそう言いたいところを飲み込んだ。怒る筋合いはない。伊勢屋のご新造であろうと、伊勢屋から縁を切られた女であろうと、俺の知ったことじゃあない。しかし、これだって、あんたが届けりゃいいじゃないか。どんなわけがあるのか知らないが。

まったく、俺ぁ、底抜けのお人よしだ。


梅雨に入って、商いができない日が続いている。弥助は、湿っぽい長屋に寝っころがって、気が付けばお佳代のことばかり思っていた。これは早くケリをつけなきゃいけねえ。弥助は勢いよく起きあがると、小さな神棚に置いてあった袱紗包みを取って、懐に入れた。

根津の井筒まで半里ほどの道のりを、番傘をさして足早に歩いた。

「女将のお積さんに、伊勢屋のお佳代さんから預かり物を頼まれて来たと、お伝えください」

尻はしょりを解いて下足番にそう言った。すすぎの水で泥のはねた足を洗い終えると、女中が弥助をこじんまりした部屋に案内した。

今まで飲んだことがないようなうまい茶を一口すすったとき、女将が入ってきた。お佳代とは正反対の、大柄できりっとした雰囲気の女だった。

「お積です。お佳代ちゃんから預かり物を頼まれてくだすったとか」

弥助の前に座った女将の口調は、どこかぞんざいだった。弥助はもとより丁重に扱われると思っていなかったが。

「お初にお目にかかります。飴売りの弥助と申します。女将さんに、これを届けにまいりました」

弥助は懐から縮緬の袱紗包みを出して女将の前に置いた。きっぷのよさそうな女ぶりの女将の表情が少し曇った。女将が袱紗包みを手のひらに載せて広げると、藍木綿のお手玉が現れた。お佳代が着ていた藍木綿のはぎれで作ったお手玉だった。弥助は鼻の奥にツンとくるものを感じて、横を向いた。

「飴売りの弥助さん、とおっしゃいましたね。弥助さんはどこで誰に、これをことづかりなすったんですか」

「王子権現で、お佳代さんに」

弥助がそう言いかけると、女将の表情がきっとなった。

「どんな企みがあるか知りませんが、そんなはずありません」

「企みですか。来月、もし会いに来なかったら、これを井筒の女将、お積さんに届けてほしいと、頼まれただけだ。お佳代さんは伊勢屋を出てからも、お糸ちゃんのことが忘れられねぇ。それで、江戸じゅうを歩く飴屋の俺に力になってもらいたかった。俺とお佳代さんの関わりは、それだけだ」

女将は手のひらに載せていたお手玉を、弥助と自分の間に置いた。

「お佳代ちゃんは、死ぬまで伊勢屋を出ちゃいません」

「死ぬまで……って、お佳代さんは亡くなったんですか」

「先月の十六日が葬儀でした」

二度目に会ってから半月も経たないうちに、お佳代さんはやっぱり死んじまったのか。伊勢屋を出たと嘘をついたお佳代に怒っているのか、自分が何をどう思っているのかわからないまま、弥助は膝の上においた手をしばらく握りしめていた。その握りこぶしをやっとほどいて、弥助は言った。

「じゃあ、お佳代さんは死期を悟って、お糸さんのことをあっしに託しなすったのかもしれません」

女将は、しばらくうつむいていた。顔を上げたとき、女将の表情は人が変わったように柔らかくなっていた。

「弥助さん、お佳代さんの供養に話を聞いてやってくれますか。弥助さんにもあたしにも、信じられないことばっかりだけど」

弥助は、黙ってうなずいた。

「お糸ちゃんは、お佳代ちゃんのたった一人の子供でした。かどわかされたのはお佳代ちゃんのせいだ、と大奥様が責めました。あんな人混みに子供を連れていくからだ、と。それでなくても、お佳代ちゃんは自分を責めていたから、ずいぶんつらい思いをしてた。そんなこんなで、かどわかしからしばらく経って、お佳代ちゃんは気うつの病になっちまった。最初は軽かったんだよ。それで、自分でもこのままじゃいけない、と思ったんだろうね。お佳代ちゃんは、自分を離縁してもらえるように実家の両親に算段を頼んだ。だけど、結局、駄目だった。若旦那がお佳代ちゃんに執心だったってこともあるけど、その話が揉めているうちに、伊勢屋にとっては、お佳代ちゃんを手放さないほうがいいと思うようなことがあったんだと思う」

「お糸ちゃんのかどわかしには、裏があったってわけですかい」

「裏ってほどじゃないけど、かどわかしたのは、たぶん伊勢屋を追いだされた手代だったのさ。半年ほど経ってから、手代は上方で人を殺《あや》めてお縄になった。それで、お糸ちゃんのこともわかったんじゃないか。言っとくけど、これはあたしのあて推量だよ」

「そんなことが、どうして表沙汰にならずに……」

そう言ってから、弥助は伊勢屋の広い間口を思い浮かべた。あの伊勢屋なら、なんでもできる。同心や与力なんぞは問題じゃない、伊勢屋なら老中にだって口を利けるだろう。

「地獄の沙汰もなんとやら、だからね。伊勢屋はその手代に何かを握られていたのかもしれないし、そうでなくてもお糸ちゃんのかどわかしが元使用人だとすると、暖簾に傷がつく。どっちにしたって殺された子供は生き返らないんだから、伊勢屋は今更、事をおおっぴらにしたくなかった。それを、お佳代ちゃんは何かの折りに知った。あるいは、伊勢屋の人たちの口ぶりから、おおよそのことが見当ついたんじゃないか。あたしは、そう思ってる」

お積はそこまで言うと、ポンポンと手を叩いた。

「呑まずに話せなくなったよ、弥助さん」

しばらくすると、さっきの女中が酒と肴を持ってきた。

「明後日がお佳代ちゃんの忌明けだから、ひと足早い法要。弥助さん、呑んでやってください」

弥助は黙って盃をとり、お積が弥助に酒をついだ。お積の盃に弥助が酒をつぐと、お積はそれを一気に飲み干し、ふぅっと大きく息を吐いて、また話し始めた。

「そんなわけで離縁話がもつれるうちに、お佳代ちゃんの気うつの病はどんどん悪くなっていったのさ。あたしが見舞いに行くと、このお手玉と同じ藍木綿の着物を着て言うんだよ。『あたしは、鼈甲のかんざしも友禅小袖もきらい。こんな藍木綿を着て暮らしたい』って」

そのお手玉を見ながら、弥助は言った。

「あっしと会ったときも、お佳代さんはいつも……。いつもって言ったって、たった二回ですが、藍木綿の着物でした」

「違うんだよ、そんなはず、絶対にないんだよ」

お積の言葉は、何かを振り払うように甲高かった。お積はいっとき押し黙り、それからまた話しはじめた。

「お佳代ちゃんは、ここ二年足らず、伊勢屋を一歩も出てません。離縁が駄目になってしばらくして、気がふれちまったから。お糸ちゃんがかどわかされた時刻になると、お佳代ちゃんは暴れ出すんです。『お糸おおっ』て、叫びながら。だから、座敷牢みたいなとこに入れられたままだった。いつもは大人しくしてました。お糸ちゃんに遊んでやってたように、歌を歌いながらお手玉をしてました。縮緬の赤いのやら黄色いのやらいろんなお手玉がある中で、このお手玉だけは藍。藍木綿を着て暮らしたいって、言い始めたころ、『これだけはお糸がいなくなってから、あたしが自分のために作ったの』って、言ってた」

弥助は触ってよいかとお積に目で尋ねてから、藍木綿のお手玉を手に取った。

「あたしが最後にお佳代ちゃんを見舞ったのはお雛さまを仕舞ってまもなくのころだったけど、お佳代ちゃんはもう一歩も歩けなかった。それに、鍵のかかった座敷にいたんですよ。だから、お佳代ちゃんが弥助さんにお礼を言いに行けるわけがないんです」

「じゃあ、あのお佳代さんは、俺が見た幻だと言いなさるんですか。俺は、二度もはっきりとお佳代さんをこの目で見た。お佳代さんと話した。ここに、このお手玉もある。あのお佳代さんが幻なら、俺もこのお手玉も幻だ。お積さん、あんただって幻だ」

お積はそんな弥助をじっと見ていた。それから手酌で酒を注ぎ、ゆっくりと口に含ませた。

お積の顔に、少し笑みがさした。

「お佳代ちゃんがまだ気うつの病だったころ、言ってた。お糸ちゃんがかどわかされたとき、いつまでもその後を追ってくれた飴売りの人がいる。その人がお糸ちゃんを見失って戻ってきたとき、『ご新造さん、お力になれなくて、あいすみません』と言ってくれた。その人は、弥助さんっていうんだって、あたしに繰り返し言ってた」

弥助は泣いた。お佳代が哀れなのか、いとしいのか、自分が哀れなのか、うれしいのか、そんなごちゃまぜの感情がどっと押し寄せて、弥助はお手玉を握ってうつむいた。お積は自分の目尻にたまった涙に気づかないふりをして、弥助の気持ちが治まるまで、前栽を眺めながら盃を口に運んでいた。

「そのお手玉は、弥助さんが持っててあげてくださいな」

弥助が井筒を出ると、雨があがっていた。

懐に手を入れて袱紗包みを触ると、ほのかな藍の香が漂った。

**《著者紹介》**

**森 恵子**（もり けいこ）

和歌山県生まれ。中学校国語科教師の後、ライター・編集者となる。

1990年森事務所を設立、2012年株式会社めでぃあ森を設立。書籍プロデュースとともに、出版セミナーや文章講座、編集講座等で講師を務める。

著書『ハウスワイフはライター志望』（社会思想社）、『シネマきもの手帖』（同文書院）、『たったひとりの12年』（わいふ）、共著『本の本音』『小説50』（情報センター）等。共同編纂『きものに強くなる』（世界文化社）、『物語　講談社の100年』（講談社）等。その他、プロデュースや編集に携わった書籍は200冊を超える。

● 10ページ　「誕生」 作詞・作曲　中島みゆき
（株）ヤマハミュージックエンタテインメントホールディングス　出版許諾番号 2006P

# いつか愛した

2020年2月10日　第1刷発行

著　者　　森 恵子
発行者　　森 恵子
発行所　　株式会社めでぃあ森
〒102-0074 東京都千代田区九段南 1-5-6 りそな九段ビル 5F
〒203-0054 東京都東久留米市中央町 3-22-55
Tel 03-6869-3426　042-470-4975　Fax 042-470-4974
印刷・製本　シナノ書籍印刷株式会社


ISBN978-4-9906640-8-4　C0093